BOUNDARY LINE

界線

境界線

中山七里
Nakayama Shichiri

劉姿君——譯

界線——目錄

一——生者與死者

生者と死者

1

二〇一八年五月二十九日，氣仙沼市南町。

清晨五點，尚且柔和的朝陽撫上穗村的臉頰。夾帶著海潮的風有幾分濕黏，但膚觸仍比在海上的宜人。不會晃動的地面也令人安心。

穗村一個月沒踏上地面了。一旦出海到遠洋，便要在海上待整整一個月。日復一日，任憑海浪翻騰，日光炙烤。漁船上滿是海潮味和魚腥味，一開始會很反感，但久了嗅覺就麻痺遲鈍了。回到陸地才總算恢復原有的感覺，然後再次重複同樣的過程。

遠洋的「一本釣」絕不是一份輕鬆的工作。這應該就是登陸之際解放感特別分明的原因吧。

這次的收穫也不差。氣仙沼港的鰹魚漁獲量連續二十一年都是日本第一。照目前的狀況，應該可以再創新紀錄。

連續二十一年並非單單只是一串連續的數字。其中經歷二〇一一年的震災仍沒有中斷才是其意義所在。那是氣仙沼的人，乃至於全東北人修復一度重創的心靈所不能沒有的驕傲。

穗村在魚市場的食堂吃了趕早的早餐後走向海岸。這是他從遠洋上陸後的固定行程。

中餐館、居酒屋、理髮院等急就章的建築零星點在，視線可以從間隙直通海岸。因為沒有建築物的地方全都被夷為平地，沒有任何遮蔽物。

以前，這裡是個不小的商店街。整排以漁夫為客層的居酒屋，入夜後，連馬路上都聽得到醉漢的聲音。

曾經的熱鬧如今已不復見。地方上固然努力重建，但知道過往情形的人只會徒增失落。空地上連重型機具的影子都沒有，復興一詞也空虛地消失在風中。震災甫過那時，市中心的飯店和旅館因工程人員長駐隨時呈客滿狀態，現在卻門可羅雀，因為這些人都被挖角到東京的工地以籌備奧運。

穗村會想，復興到底是什麼。如果讓失去的市鎮和失去的生活復原還不如一次體育慶典重要，那麼為政者動不動就掛在嘴上的復興也不過是文字遊戲罷了。

穗村雖不是當地人，但每當望著這片荒涼的情景，都痛心悲憤不已。明知道用不著特地讓自己不開心，但總覺得自己既然是靠氣仙沼漁港生活，就不能視而不見。既沒有居民，也沒有行人，這個時間人影全無。穗村陷入一種彷彿被孤身置留於荒廢行星上的錯覺。

大海這個罪魁禍首完全改寫了人們與城鎮的樣貌，卻一派平穩地揚起浪花。以漁獵為生，身體便會刻骨銘記自然對人類生活的滿不在乎，也早已習慣大海的翻臉無情。但每當同時看見大海的豐饒與陸地的荒廢，都會深深感到人類的存在是多麼渺小。

無意間，視野一角捕捉到一個異物。有個人形的東西倒在浪邊。

不會吧。

即使是現在，仍時不時會有奇怪的東西漂到這一帶的海岸。腳踏車、電器、足球、人偶、全家福照。有人說，這是大海一點一滴歸還海嘯搶走的東西。有時候也會有假人模特兒漂上岸。那也是這類東西嗎？

穗村往下來到海岸，朝浪邊走。東西的輪廓逐漸分明，穗村的腳步也加快了。

黑長髮、白襯衫、淡黃色的長褲。趴著所以看不見臉。但從露出的肌膚可以確定不是假人。

「喂，小姐！」
穗村出聲喊，但沒有回應。
「別睡在這種地方。」
彎身去搖她的肩，還是沒有反應。
「喂！」
將人扳過來面朝上的那一瞬間，穗村嗚的一聲呻吟，坐倒在地。
那是一具如假包換的女屍。

＊

叮。
鬧鐘正要開始響的那一刻，一隻手伸過來按掉了鬧鈴。
公家宿舍的某一個房間裡，笘篠誠一郎緩緩坐起。一甩頭，便完全清醒了。所謂獨居的中年男子生活一定不規律不過是無稽之談。像自己這種規律生活已深入骨髓的人，單不單身、有沒有與家人同住都一樣。

太陽蛋和厚片吐司。每天早上都吃同樣的早餐倒不是因為規律，只是變不出花樣而已。

「開動。」

笘篠向無人回應的空間合十。每天都做同一道菜，廚藝總會有所長進。但笘篠還是深感自己的舌頭被老婆做的菜慣壞了。

吃完，伸手去拿矮桌邊的一份簡介。昨天，因辦案造訪區公所之際，將放在窗口的簡介帶回來了。

「東日本大震災災民互助」。

封面照片是災民排隊領餐的情景。翻開來第一頁起始便刊載了該會代表、一個姓鵠沼的男子的文章。

『那次可恨的震災後，五年的歲月過去了。但災民重拾原來的生活了嗎？恐怕還只有一半。各地仍殘留著災害的傷痕，許多人仍為損失慘重而周章狼狽。失去家人朋友而倍感孤獨的人也多不勝數。

我在震災兩年後成立了互助會。本應由政府復興廳統率進行的復興事業遲遲沒有進展，使我憤而自救。本會無法蓋屋鋪路，唯盼能夠幫助劫後餘生之人填補彼此的失落。

請說出至今說不出口的話。

發洩至今積鬱心中的苦悶。』

笘篠也是因震災而失去家人的其中一人。當時，他與妻子、長男三人住在氣仙沼，但天搖地動發生在笘篠因辦案而離開市區時。

地震發生，海嘯繼之而起。雖擔心氣仙沼的家，但震災一發生警署便必須因應，資訊也錯綜紊亂。好不容易回到家，家人連同房子都不見了。從此，兩人便一直行蹤不明。

那時候為什麼不拋下公務去尋找妻兒？笘篠後悔過無數次，但無法趕回家人身邊的不是只有他。震災發生時，凡是有公務員身分的，人人都堅守崗位。而他們也和笘篠一樣，至今仍不斷自問、自責。

——克己奉公，真的是對的嗎？

笘篠後悔帶回了簡介，將之揉成一團丟進垃圾筒。

洗完臉正在換衣服時，同事蓮田來電。

『不好意思一大早打擾。你醒了嗎？』

「剛換好衣服。你現在在哪裡？」

『我在去氣仙沼署的路上。岸邊發現了一具女屍。』

蓮田這幾句話讓笘篠覺得不太尋常。他的聲音有種掩飾緊張的感覺。

「他殺嗎？」

『現在還不知道。氣仙沼署還沒有判斷是意外還是命案。檢視官也還沒到的樣子。』

「等等。都還不知道是意外還是自殺，怎麼就召集縣警本部的人了？」

電話那頭一段流過一瞬空白。

「怎麼了？」

『沒有召集，是石動課長跟我說的。課長說，氣仙沼署那邊找笘篠先生，要我跟你一起過去。』

「我不懂。」

『最先趕到的同仁翻了死者的衣物，票卡夾裡有駕照，所以得知死者的身分。她叫作笘篠奈津美。』

一時之間，笘篠甚至無法呼吸。

「我馬上過去。現場在哪裡？」

掛了電話，腦海中仍是千頭萬緒。一穿戴好，抓起外套就奪門而出。

笘篠的妻子就叫奈津美。

那是曾經住過的地方，方向很熟。笘篠不需導航便抵達了現場的海岸。看到處處空地的景象，記憶硬生生又被攪動了一次。人們曾經在當地生活的殘骸。笘篠家也一樣。曾經存在的事物也好，曾經住過的記憶也好，全都被帶去了海的另一方。

每個人都有無法忘懷的記憶，無法刪除的景象。就和許多東北人一樣，對笘篠而言，那便是城鎮被海浪吞沒的畫面。當他因辦案而離開市區時，感覺地面向上頂的衝擊，因不知何時會停止的搖晃而跪倒在地。然而，真正的災難還沒有來臨。

有什麼大事正在發生。笘篠在凶事降臨的惡寒中繼續辦案，未經證實的消息陸續傳來。

受害的不止宮城縣，似乎遍及整個東日本。

震度接近六。

大海嘯逼近海岸的城鎮。

不久，笘篠在電視螢幕上目擊了慘事。雨雪中，海水侵襲熟悉的自家市區，將道路淹沒。水位轉眼上升，轟然席捲市鎮。

那光景令人當下難以置信。漁船被沖上市區，轎車、砂石車像玩具般浮在水面。隆隆聲響幾乎蓋過一切，但螢幕中仍傳出電線杆折斷的聲音、人們的喊叫聲。

海水沖進中低層樓房，沖破玻璃窗，兩層樓的民房幾乎沒頂。笘篠所租的房子也瞬間被海浪吞沒。

看起來就像影視特效。幾個小時前，自己才和老婆說過話走出家門的。那個家，剛才卻像什麼玩笑般消失在一波波海浪之間。

水一退，等著他的是更大的驚愕。民房的殘骸與家具推擠層疊，毫無秩序可言。熟悉的城鎮在巨大的泥濘中化為廢墟，前一刻的影子分毫不剩。

笘篠一句話都說不出來，當場腿軟。明明意識清晰，卻像在做夢。明明雙眼緊盯著畫面，內心卻拒絕接受那是現實。當時那種不協調感，至今仍化為殘渣緊緊黏在記憶底層。

笘篠按著越來越沉的胃下了車。建築物零零星星，因此遠遠也看得到藍塑膠布帳篷。

奈津美死了，就在那座帳篷裡。一心以為七年前被海嘯吞噬的妻子，現在就躺在那裡。笘篠心情激動得連自己都感到驚訝。恐懼與安心，希望與絕望，期待與失意。相反的情感互相衝突，互相糾結，將思考打亂。

蓮田在帳篷前等。或許是知道笘篠的困惑而特別關心他。看到他那個樣子，笘篠明白為什麼只是認屍，石動卻要蓮田同行了。是讓他來監視以免笘篠失控。

雖然覺得被看扁了，同時卻也覺得被看透了。眼下笘篠就無法充分發揮他平常的自制。看似渾不注意其實都確實掌握。一課課長的頭銜不是掛假的。

「辛苦了。」

蓮田說。笘篠心想你才辛苦，但沒有說出口。

「電話裡不清不楚的。詳情如何？」

「我也才剛到。剛才唐澤先生也到了，總算才開始相驗。」

笘篠和唐澤檢視官認識，彼此也算熟人。但並不會因為是熟人就不排斥家人赤裸裸地被他看見、觸碰、測量直腸溫度。這樣也許會被斥為公私不分，但至少他並不是以調查員的身分被叫來這裡，他被叫來是因為他是認屍的關鍵人物。

不過在相驗結束前不打擾唐澤的自制力，笘篠好歹還是有的。他站在蓮田身旁，等帳篷裡出聲叫人。

沉重的沉默籠罩著兩人。蓮田還年輕，想什麼都寫在臉上。他正拚命想著是該安慰笘篠，還是該默默度過這個場面。

然而，看來他終究耐不住沉默。

「我不知道該說些什麼。」

真是個老實人。

「要是能在還在世的時候就找到當然是最好的。」

「都七年了，那是不可能的。別的不說，既然活著，為什麼至今都沒有聯絡？」

笘篠首先過不去的就是這一點。

若是屍體漂流了七年，才終於回到氣仙沼的海岸，先不管可能性有多少，至少是有可能的。笘篠要做的便只是待鑑定確認屍體是奈津美後誠心將她下葬。她應該會很高興，最重要的是笘篠能得到解脫。

凡是震災災民都深知，失蹤這個詞意味著遺體陳屍之處不明，而非生還者所在之處不明。然而，家屬和媒體仍抱著一絲希望，將未發現遺體者稱之為失蹤。

笘篠之所以疑惑，是因為應該被海嘯帶走的奈津美竟真的是失蹤的這個事實。此刻依然混亂的腦袋裡，大大盤旋著兩個疑問：奈津美至今都在哪裡做些什麼，以及為何一次都沒有和笘篠聯絡。

要是能在還在世時見面是最好的。

用不著蓮田說。沒有人喜歡看家人的屍體。即使如此，那一天，被留下來的人們還是到處尋找家人的遺骸，因為他們必須讓死者走得瞑目，也必須為自己做個了結。

「你說是從駕照判斷身分，那你看過駕照了嗎？」

「還沒有。東西由氣仙沼署的人保管。」

「七年的空白是個問題，但她為什麼會死在這裡是更大的問題。」

笘篠雖力持平靜，卻沒有把握究竟是否做到了。

「你說氣仙沼署還沒有判斷是意外還是人為是嗎。也就是說，沒有明顯外傷了？」

「我現在說什麼都只是臆測。」

說著說著笘篠發現一件事。勸諫和被勸諫的立場顛倒了。

按捺著焦急的心情等候著，終於等到一個男子慢吞吞地從帳篷裡出來。

「好久不見了，笘篠先生。」

露臉的是氣仙沼署時代的同事，一瀨。笘篠在電視螢幕目擊自家被沖走時，一瀨就在旁邊，而一瀨本身也因海嘯痛失雙親。或許因為如此，他身上沒有蓮田那種不知該說什麼的迷惘。

「相驗完了。請確認遺體。」

這略帶公事化的語氣反而令人慶幸。

「我在這裡等。」

看來蓮田雖身負監視之責，心理建設卻還不足以支持他共赴哀悽場面，但笘篠也寧願他不要進去。

帳篷裡，唐澤已經脫掉手套。腳邊躺著蓋起來的屍體。

「久等了。」

「哪裡。」

「先說直接的死因……」

「不好意思，檢視官，請先讓我確認遺體。」

「哦，忍不住就依慣例行事了。失禮了。你請。」

唐澤後退了一步，這是對死者家屬的禮節。平常笘篠以調查員身分查看屍體時，他是不會有這些顧慮的。

笘篠在屍體旁蹲下，緩緩掀開被單。

頓時，一種奇異的感覺撲上來。

除去周身衣物的屍體沒有明顯外傷。雖可見死後僵硬，但屍斑還未擴散，因此也看得出原本的膚色。中等身材，年齡大約是三十多歲接近四十。

重點是臉。

那是與奈津美一點也不像的別人。

「醫師，不是的，這不是內人。」

唐澤的反應也很可觀。只聽他呃了一聲，瞪大了眼望著笘篠。

「真的嗎？」

「再怎麼樣，我都不會認錯老婆的臉。」

「可是根據事前報告，一瀨說死者身上的駕照上面姓名和住址都跟你說的一樣。」

屍體並非奈津美，笘篠先是鬆了一口氣，同時也感到失望。矛盾的情緒毫不衝突地並存，不是震災死者家屬只怕難以理解吧。

「請說說相驗結果？」

「屍體是三十多歲的女性。如果相信駕照上的生日就是三十八歲，但聽了你的說法後駕照缺乏可信度，年齡就先不給明確數字了。依直腸溫度推斷死亡時間為昨天二十八日晚間十點至十二點之間，體表沒有外傷。眼結膜沒有點狀出血。不過，屍體旁有剩下一半的瓶裝柳橙汁和成藥的鋁箔片包裝，有中毒死亡的可能。已經向氣仙沼署報告必須司法解剖了。」

「成藥？成藥就能毒死人嗎？」

唐澤說了一個無人不知的止痛藥名。

「喝一百毫升就能達到致死量。倒進果汁就比較容易入口。最近案例慢慢增加。據自殺未遂者說，這是網路上介紹不痛苦的自殺方式。」

「這名女性也是自殺嗎？」

「現在還不敢說。無論如何都要等司法解剖的結果。」

問完必要事項，笘篠攔住在帳篷外待機的一瀨。告訴他屍體是與妻子不相關的他人，一瀨也大吃一驚。

「讓我看看死者身上的駕照。」

了解狀況的一瀨離開帳篷，走向警方車輛。過一會兒回來時，手中拿著一個塑膠袋。裡面就封著駕照。

姓名　笘篠奈津美

昭和五十五（一九八〇）年五月十日生

住址　氣仙沼市南町二丁目〇—〇

記載內容都是笘篠熟悉的。發照日期是震災發生的前一年，這也與他的記憶吻合。只是，照片是死者的照片，依舊是個陌生女子。

「沒想到竟然是別人。讓笘篠先生白跑一趟。」

「你沒見過我太太，光看姓名住址當然會以為是她。別介意。」

「這麼一來，就產生別的問題了。」

從笘篠身後探頭看駕照的蓮田加入談話。這當然不用說。這名女子究竟是誰？為什麼冒用奈津美的名字？

「不過，這駕照仿得好真。會不會是只換了照片啊？」

「不，我想應該不是。」

笘篠毫不遲疑地否定。

「我太太總是把駕照收在皮夾裡。皮夾和房子一起沖走了。就算有人撿到，也不可能這麼乾淨。沒吸飽海水污泥、弄得髒兮兮的才奇怪。」

「那接下來呢？現在雖然知道不是一般自殺，可是如果只是偽造駕照，上面應該會說不用聯合偵辦。」

蓮田邊偷看一瀨邊說。笘篠很清楚他在想什麼。言外之意是，這件事全權交給氣仙沼署，笘篠就不要管了。

一瀨似乎也明白他的意思，這位前同事也加入支援。

「是啊。詳情要等司法解剖，但自殺的可能性很高，看樣子我們署人手就夠了。」

沒有必要主動去揭傷疤。他們兩個就是這個意思。但，他們要不是沒注意到妻子的個資被盜用觸怒了笘篠，就是裝作沒注意。

「沒有聯合偵辦的必要。一名女子自殺也不算重大案件。但是一瀨，難道沒有必要向駕照所有人的家屬了解情況嗎？」

「這個嘛，確實是有必要。」

「所以，我不是以刑警的身分，而是以關係人的身分加入偵查。當然，我會先徵求縣警本部的同意。有了這個前提，氣仙沼署也就不會囉嗦了吧。」

一瀨露出明顯為難的神情。

「笘篠先生開口的話，我們部長應該也不至於峻拒。你與死者沒有關係，加入也不會影響辦案。可是……」

「可是什麼？」

「笘篠先生，縣警本部自己案子就不少吧？還有心力兼顧我們的案子嗎？」

或許是知道內情，一瀨一語直指痛處。縣警本部下的仙台市雖是復興得最快的地區，但在外縣人口的流入的同時，案件也增加了。搜查一課經常處於人手不足的狀態，笘篠自己就一連多日在縣警本部過夜。

「我的心力你就不用操心了。」

笘篠委婉抗議，以免場面尷尬。

「要是有人以你去世的父母的姓名招搖撞騙，難道你不會想抗議嗎？」

笘篠這麼說並不是故意要在一瀨的傷口上灑鹽，但這番反駁還是踩到了他的弱點。

只見一瀨難過地皺眉。

「你的反擊還是一樣鋒利。」

「託你的福。」

「笘篠先生你知道嗎？你被縣警本部要走的時候，安心的人比惋惜的多。」

「大家都討厭我嘛。」

「不是，大家是怕你。」

一瀨半開玩笑地笑了，拿著裝有駕照的塑膠袋走向警方車輛。

「反正你一定也會想看解剖報告和鑑識報告吧。我會儘量跟部長說好話，不過笘篠先生你自己也要先打點一下。」

「抱歉，給你添麻煩了。」

「沒關係啦。看到駕照那時候我就有心理準備了。」

等一瀨走得看不見人，蓮田便半同情半傻眼的神情面向他。

「就算順利拉攏了氣仙沼署那邊，也不見得能說服石動課長啊。」

「這個，我會想辦法的。」

說服石動這一關是躲不過的，但即使石動不答應，他也完全沒有要放棄的意思。

一瀨和蓮田似乎很想將無名女子的自殺歸為氣仙沼署的案子，但笘篠可不這麼想。

這是我的案子。

2

與蓮田一同回到縣警本部的笘篠前往石動所在的辦公室。

「根本是完全無關的人嘛。」

聽了報告的石動看來像是鬆了一口氣。是因為不用看到不得不面對妻子屍體而深陷悲痛的部下嗎？

「根本是完全無關的人反而令人擔憂。」

既然要加入氣仙沼署的偵查，最好是獲得石動的首肯。明明不是聯合偵辦卻要插手分署辦案，當然不能指望上司會爽快答應。然而，有沒有他的一句話，這當中的差距何止千里。

「有人盜用內人的個資。」

「顯然是。死者所持駕照多半是偽造的，但沒有個資也無法偽造。」

「內人既不是名人，也不是名列金融機構名冊的富豪。完全就是一個普通人。既然能拿到這樣一個普通人的個資，恐怕還有其他類似的案件正在發生。」

「你說的可能我贊成。但遏止犯罪雖然是我們的任務，現實中我們處理已經發生的案件就已經很勉強了。而且也慢性人手不足。再加上你太太失蹤，我想你一定很關心這個案子，但這不該由縣警的調查員插手。」

反應一如預期，笘篠反而安心。

「只不過，如果氣仙沼署尋求協助，我們也不能不回應。協助地方分署辦案是我們的義務。」

以課長的立場聲明最起碼的義務想必已是盡他所能了。這也在笘篠的預料之中。笘篠認為，石動之所以難以啟齒，是因為同為東北人、同為警察，卻有受災與否之分。誰都感覺得到但誰都不肯說出口的差異歷然存在。

災難並不公平。即使是規模那麼大的災害，也有人免於受災。有人失去許多，有人一無所失。優越感與自卑感、同情與失意、安心與嫉妒，兩者之間有著立場不同的精神對立。只不過是東北人特有的堅忍與禮節讓他們絕口不提。

因為是人為無法避免的悲劇，一無所失的人對失去許多的人有罪惡感。他們對於自己免於受災感到心虛。雖是不合理又無意義的顧慮，但正因如此也才能說是人類才會有的軟弱。

石動家的公寓位於仙台市內，沒有受到地震直接損害，家人也沒有受災。純粹是運氣好。但由於他的部下有不少人是災民，震災當時人人都看得出他與調查員相處的為難。

「千萬別搞錯優先順序。」

石動最後也不忘叮嚀。在講人情的同時，也絕不輕忽組織的邏輯。笘篠也不討厭他這方面的頑固。

「我不會給一課添麻煩的。」

笘篠也以組織的邏輯結束這次報告。以形式還形式，這是禮貌。

兩天後，一瀨來電。

『司法解剖的報告出來了。』

雖大可將報告本身數位化加以傳送，但留下傳送紀錄只怕會造成一瀨的麻煩。

「我會找時間過去。」

笘篠努力提早完成手上的案件調查，好擠出時間。偵訊、查證等調查步驟，他完全沒有偷工減料的念頭，但在旁人看來只怕是工作過度了。蓮田小聲對他說：

「要是有我能做的工作，請不要客氣轉給我。」

因蓮田的好意，笘篠騰出了一丁點時間，便趕往氣仙沼署。

「就和唐澤檢視官的看法一樣。」

笘篠甚至沒有耐心聽一瀨說明便看了解剖報告。要點如下：

（1）直接死因為循環障礙。

（2）胃內部有輕度潰爛，顯示藥物是經由口服攝取。

（3）解剖時，自胃與腸內容物、骨骼肌、脂肪組織採樣進行藥物分析。先以Triage進行快速檢驗後，正式檢驗則採用薄層層析法。

（4）分析結果，自樣本中檢測出苯吡唑啰類（氨基比林）物質。

「毒藥物詳述也拿到了。苯吡唑啰會抑制中樞神經機能，裡面的成分會造成嗜睡到昏睡的意識障礙、呼吸困難、循環障礙。大量使用時會呈昏睡狀態，導致死亡。」

「成分和屍體旁的成藥一致嗎？」

「是的，完全吻合。我也知道藥與毒只是份量的差異，但現實中這麼危險的藥竟然到處都買得到，實在有點嚇人。這款藥現在也照樣狂打廣告不是嗎？」

一瀨的手指彈了彈鋁箔片的現場照片。

「鋁箔片上只有本人的指紋。屍體所在附近只有本人的腳印。死者本人在晚間十點至十二點這段期間，獨自來到海岸服毒自殺……這是我們署的判斷。」

對照現場狀況和解剖報告，這是理所當然的判斷。但問題的本質不在於此。重點是，自殺的女子的真實身分，以及她是從哪裡得到奈津美的個資的。

「我們將死者的指紋輸入資料庫比對，但沒有符合的。」

「所以至少沒有前科。」

「署裡的方針是公開臉部照片收集資料。」

「查出偽造駕照的出處了嗎？」

「這方面的分析也出來了。看樣子是用3D印表機做的，裡面沒有晶片，不過其他部分都和真正的駕照一模一樣。這年頭就連業餘的也做得出這麼精巧的偽造，我們警察實在很難當。」

一點也沒錯——笘篠也贊成。犯罪的手法隨著科技日新月異。相對的，警方的辦案能力通常都晚一步。當警察終於累積了Knowhow，對手就引進更新的科技。打從一開始就是以追趕的那方不利為前提的你追我跑。好比現在，市場上3D印表機廠牌、種類氾濫，科搜研卻仍未建立起分析追蹤各3D印表機的方法。所以就算知道駕照是3D印表機做的，要循線找出使用者也有困難。

「死者都冒用別人的姓名住址了，所以明知道可能性很低，我們還是比對了在案的失蹤者，果然也沒有。把資料傳到警察牙醫看能不能從齒模來查，但這邊也沒有線索。」

「能不能從她自殺當天的行蹤查出什麼？」

「她看來不是本地人，目前正在向計程車車行和氣仙沼站的站務員詢問，但現階段還沒有關於她的目擊消息。」

也就是什麼都沒有。這樣的話，說出自己的想法應該不至於惹人厭。

「我有個很單純的疑問。」

「請說？」

「先不管自殺的原因，一個想服毒自殺的女人為什麼會選擇海岸？一般不都是會選自家或飯店嗎？就算夜再深，也不知道在海岸會遇到誰。這一點，室內就不會有人妨礙了。」

「也許剛好她的狀況與無家者相差無幾？」

「死亡時她身上有多少錢？」

「錢包裡剩下二萬六千七百五十圓。」

「有這些錢住商務飯店不成問題。她卻選了海岸。為什麼？」

被問的一瀨一時陷入沉思，但一副想不出合理回答的樣子搖搖頭。

「我不是很懂女人心，但我猜會不會是那裡對她本人來說是個回憶之地？」

「不懂女人心這一點我也一樣。我也這麼想。」

「可是，現在正在現場周邊訪查，目前還沒有問到認識她的居民。」

「認識她的人可能都被沖走了。」

說完笘篠自己都感到空虛。那次大海嘯沖走的不止是人和民宅。連記憶也一併奪走了。

「這是我的直覺，但我認為自殺的女子和氣仙沼一定有什麼關連。」

「我也這麼想。」

「說得不客氣一點，要是死者本人曾因什麼嫌疑被逮捕就好了。」

「最實在的個人識別系統竟然是警方的資料庫，這種事除了諷刺還能說什麼呢？」

「我以前就住那一帶，也還有認識的人在。可以由我去訪查嗎？」

「就算我說不行，笘篠先生也不會死心吧。我們很難禁止以前的居民和左鄰右舍閒聊啊。」

「抱歉。」

留下這句話，笘篠離開了氣仙沼署。

雙腿自動前往自己的家曾經的所在地。由縣道二六號線北上，過了大川，經過觀音寺。越靠近海岸，各處空地便越醒目。

氣仙沼市南町。

從那天起，笘篠便很少再來了。很多失去家與家人的人每天都來報到，笘篠卻因公事繁忙，一年頂多來個一、兩次。

不，忙只是藉口。是他不敢面對痛苦的現實。

南町在氣仙沼市裡也是災情特別慘重的地區之一。居民中有人仿傚美國九一一現場，將此地命名為「氣仙沼 Ground Zero（原爆點）」。

繼去年才開幕的紫神社前商店街之後，南町海岸正在建設兩層樓的商業設施以作為觀光交流據點。但海岸那一側則是整片廣袤的空地，空曠的砂礫碎石上冷冷清清的幾輛重型機具，令見者倍感荒涼。

過去，笘篠的家就在這裡。

過去這裡民宅與商店交錯，有著港口市區特有的熱鬧。儘管絕不奢華花俏，生活卻也隨著漁獲時喜時憂。身為警察的笘篠一家也與地方的氣氛同化。

那個家，如今連同地基消失得無影無蹤。

站在連家家戶戶的分界都沒有的沙地上，笘篠抵抗著席捲而來的無常之感。許久未曾造訪又唯有自己一人獨活，這兩件事化為自責，重重壓在肩上。

他佇立片刻，但自然而然便屈膝蹲下。

妻子奈津美與獨生子健一。健一還是個連話都不會說的幼兒。像這樣站在遺址前，兩人無論如何也揮之不去的面孔便浮現眼底，不願消失。

那天早上交談的一字一句聲聲在耳。

「差不多該準備拍照了。」

笘篠忙著將太陽蛋往嘴裡塞時，奈津美對他說。

「拍什麼照？」

「這還用問嗎？當然是健一的週歲紀念照。」

「有必要拍那種東西？」

「當然有。一輩子只有一次呀。」

笞篠第一個反應就是嫌麻煩。他自己本來就不是個愛拍照的人。畢業典禮就不用說了，就連當初警察授階時都沒拍。現有的照片就只有結婚照。

「在家門口拍嗎？」

「你在說什麼呀。是去照相館請人家拍。喏，就同一條路上的佐藤照相館。再不預約就約不到了。」

「去相館拍既花錢又花時間。」

「價錢是很多種，不過不管哪個價錢，時間好像都差不多。聽說都是一個小時左右。」

「我現在很忙。」

平常那句老話不禁脫口而出。想逃避麻煩的家務事時的固定說辭。

「我手上有五個案子。又不知道什麼時候能休假，就算在休假也會突然被召集。要是要去相館拍，你們自己去拍就好。」

奈津美的臉色不禁變了。

「那是孩子的紀念日。全家福裡沒有父親，人家還以為我們是什麼家庭。」

「就說是警察家庭。這樣絕大多數的人都能理解。」

「這跟別人有什麼關係！」

唯獨這次奈津美一反常態，不肯讓步。

「你平常跟健一相處的機會就很少了，現在連照片都沒辦法一起拍？那我們不就跟單親家庭沒兩樣。」

「單親家庭妳怎麼當全職主婦？」

奈津美的表情僵住了。笘篠頓時後悔自己踩了雷，但已經來不及了。

「你覺得只要有帶錢回家就沒事了？」

「我沒這麼說。」

笘篠很清楚再說下去肯定會吵起來。

「我工作是為了家庭。」

「那你的優先順序到底是怎樣？擺第一的是家庭？還是工作？」

「當然是家庭啊。」

「那拍照才一個小時怎麼樣都生得出來吧。」

彼此的話都尖銳起來。加上趕時間，話都說得簡短，無論如何就是會比較衝。

「那一個小時是能不能逮捕犯人的關鍵。」

「犯人和健一哪個重要？」

「這怎麼能拿來比。妳以為我們家是靠誰才有飯吃。不就是因為我認真工作嗎？」

「話是沒錯，可是小孩的事你什麼都沒做。」

「我在外面工作，家裡的事是妳的工作啊！」

「你是要我一個人負責？你這樣還叫父親嗎！」

「夠了。」

笘篠有預感，再繼續下去兩個人只會從動口變成動手。他半逃避般離開了廚房。

迅速穿戴好來到玄關，奈津美從後面追上來。

「有必要這麼趕嗎？」

「時間和人手都不夠。要我說幾次才懂。」

「至少看看健一再出門。」

「我走了。」

走出家門時，他頭也不回。

這就是他和奈津美的最後一次對話。

誰能想到，那些針鋒相對的言語會是他們最後的交談？笘篠無數次後悔。負氣的話竟成了此生的訣別。話不能重來，也無法從記憶裡消失。最糟的話語刻劃出最糟的場面。

多希望至少最後一刻是笑著的。

多希望至少最後一句話是心平氣和的。

但是，覆水難收。

驀地裡笘篠明白了。自己執著於奈津美生死的原因之一，一定是因為想修正那天的對話。因為以那種形式與奈津美和健一訣別，太令人難以承受了。

茫然地望著空地，眼前驟然發熱。

不妙。

儘管四下無人，他還是匆匆站起抬頭看天。

看到的不是震災那天的灰鼠色，而是萬里無雲的青空。

那天，笘篠在電視螢幕上目睹了海嘯襲擊氣仙沼灣岸的情景。熟悉的風景一一被濁流吞沒。笘篠家也在被沖走的房舍當中。至今海的那片黑仍深深烙在眼底。

可惡！

無論何時大自然都無視於人心。

翻騰的思緒好不容易平靜下來，笘篠沿著來時路折返。

自殺女子的處境至今不明。既然選擇尋短，肯定有值得同情之處。

但唯有假冒奈津美之名這一點，他無論如何都不能原諒。

3

翌日剛好輪休，笘篠再度回到南町。

氣仙沼署的調查員想必已經來訪查過了，但被訪查的人面對熟人和陌生人的反應會有所不同。更重要的是，在同一町身受同樣災害的同儕意識應該會讓他們更願意鬆口。

笘篠首先造訪的是位於海岸附近的理容院「佐古理容店」。由於就在自家附近，笘篠以前也是常客。

店面雖是鐵皮屋，但進去一看，理髮椅和用具等設備一應俱全。

「喔，這不是笘篠先生嗎？」

從裡面出來的佐古一看到笘篠，便一臉懷念地笑了。

「有七年不見了吧？」

「好久不見。」

房子被海嘯沖走後，笘篠在附近徘徊尋找奈津美和健一只找了短短一週。成為臨時遺體收容所的「Spark 氣仙沼」室內槌球場他也只去了一次，待兩人被視為失蹤便返回日常工作。因為與尋找兩人的遺體相比，查緝犯罪的工作不必承受精神上的痛苦。

那時笘篠逃避了。

返回公務崗位是義務。但他得到了義務這個免罪符，再加上政府提供了公家宿舍，於是他便沒有再到南町。

「沒想到您又重開了理容院。」

「因為別的我也不會了。再說，房子和土地一沒人只會荒廢。」

若要新建鐵皮屋、張羅用具，光靠國家的補助應該不夠吧？笘篠心中出現這個理所當然的疑問，然而或許是早已習慣這類話題，佐古不以為意地吐露內情：

「房子全毀了，政府以生活必需品和搬遷費用的名義給了兩百萬。其他的，就借啊。」

佐古應該已年過六十。這個年紀不惜背新的貸款也要繼續住在南町，需要不小的決心。笘篠暗自對佐古心生敬佩。

佐古失去的不止是店鋪。以前「佐古理容店」是夫婦一起經營的。二〇一一年三月十一日星期五，佐古留妻子看店，到三日町辦事，此舉決定了夫妻的命運。

笘篠與佐古同樣都失去了妻子。但佐古這邊，儘管妻子的屍身完全變了樣，好歹是找到了。佐古至少還能死心。至於死心是幸還是不幸，則另當別論。

「那之後，我就被調到縣警本部了。」

「那算是警方的無情，還是溫情呢。」

留在受災地努力復興，與移居他處展開新生活，同樣都是生還者的義務。如何選擇當然由本人自行決定，但笘篠則是有縣警的人事命令推了他一把。

「縣警那邊受災的人也不少。」

「如果是酌情安排的人事的話，算是很有心。」

佐古的說法很中性。他還是老樣子，不會把話說死。

「今天怎麼啦？難不成是又調回來了？」

「不，是為了工作來的。前幾天，再過去的海岸那裡不是發現了一具女屍嗎？我在找生前看過她的人。」

佐古低低哦了一聲，請笘篠上理髮椅。

「不了，我在值勤中。」

「你最近照過鏡子嗎？乖乖坐好。修一下鬍子就好，不收你錢。別的不說，你不坐下來我都不知道怎麼說話了。」

若堅拒壞了佐古的心情反而不利問訊，笘篠便老實照做了。

從人中到臉頰再到下巴都塗上一層刮鬍膏，再蓋上熱騰騰的濕毛巾熱敷。久違的快感讓表情肌差點歡呼。正感到外面的空氣好像冷卻了充分潤濕的臉頰與下巴時，便又再次被抹上溫熱的刮鬍膏。

「警察真的是個個都好守規矩啊。發現屍體當天氣仙沼署的刑警就來過了，問我有沒有看到這樣的人。氣仙沼署的刑警先生到處問是當然的，可是笘篠先生怎麼會來啊？」

本想裝傻，但剃刀抵在臉上，無法好好出聲說話。

「你剛說是工作。如果是單純的自殺，會勞動到宮城縣警的刑警嗎？是不是死去的女人和你自己有關啊？」

「不是的。」

笘篠算好剃刀離開臉頰的時機簡短回答。

「那，是為什麼呢？你都七年沒回來了，突然想念就跑回來？」

「氣仙沼署的調查員只給您看了女子的照片嗎？」

「還說了穿著和體型。」

刀刃再度撫上皮膚。

「被發現的時間說是清晨五點嘛。我不知道她是什麼時候死的，但那樣的話，八成是前一天晚上到當天早上這段期間到海岸的吧。如果馬路跟以前一樣都是賣吃賣酒的很熱鬧，也許深夜裡還會有客人看見她，可是現在是這個狀況啊。」

目前在海岸前開店的酒館只有一家，而且到了深夜，店鋪和民房都很少的南町肯定連行人都沒有。

「我在這裡幫人理髮三十年了。住得近的，就連搬走的我也幾乎都記得。所以我想我的話還是有點可信度的。」

佐古拿開剃刀，給笘篠發言的機會。這麼一來，笘篠便有幾分受到拷問的感覺。

「來，說吧。笘篠先生怎麼會參加調查？」

「名字被盜用了。」

佐古知道笘篠的家庭成員，告訴他也無妨吧。

「死者用了我老婆的姓名，住址也是我在南町的家。」

「那我懂了。」

不愧是老師父的技術。剃刀一滑過皮膚，從接觸空氣的部分就知道在剃哪裡。

「所以你是在找她和你太太有沒有關係是嗎？」

「佐古先生對照片裡的女子有印象嗎？」

「沒有。從來沒見過。」

「很多人證件照和本人給人的印象是很不同的。」

「別小看服務業啊，尤其我還是理髮的。我可不會因為別人換個髮型就認錯人。那女的，至少沒住過南町。除非她整整三十年都關在家裡一步都沒出門，那就另當別論。」

剃刀之後，滿手是鬍後水的手將剃過的地方一一撫過。被那雙又大又軟的手撫摸著，彷彿將皴裂起毛的心都撫平了。

「謝謝您的協助。還有，鬍子也謝謝。」

「這種事，外人實在不好插嘴。」

佐古邊用毛巾擦手邊自言自語般低聲說，

「不過笘篠先生是不是不要太深入比較好啊？」

儘管話不多，但笘篠深切明白佐古的言外之意。

「怎麼說呢，一直放不下不在的人不是好事。不過，也許我是因為老婆很快就找到了，才能說這種不負責任的話也說不定。」

「我一點也不認為您不負責任。謝謝您的關心。」

「叫刑警不要調查，就等於是叫理髮師不要理髮一樣。哎，真的，一個人雞婆也要有限度噢。」

笘篠倒認為這不是雞婆，而是同病相憐。

「總之，死在海岸的女人跟南町沒有淵源。這一點我很確定。」

「感謝。」

「我說啊，笘篠先生，」

佐古的聲音追上了笘篠打開了門的背影，

「你一定覺得我很囉嗦，可是你別再自責了。曾經住在我們這裡的人，大家都一直在怪自己。別再去揭好不容易結起來的痂了。」

落在背上的這幾句話透進五臟六腑。笘篠小聲答好，走出了理容院。

離開之後，又去了以前也常去的中餐館和居酒屋，但他們也都說前一天和當天都沒有看到那名女子。訪查沒有收穫，但更令笘篠難以承受的反而是各家店主和佐古一樣的安慰自己。

雖然片刻不忘無名女子的事，但笘篠的立場僅僅是從旁協助。今天他也為調查其他案件開著便衣警車，思索著女子的身分。

屍體發現都已快一週了，死者身分卻遲遲沒有進展。透過媒體公開了照片，仍未得到任何民眾的通報。二〇一八年一月一日，仙台市的人口為一〇八萬七〇九一人，全宮城縣則多達二三二萬八九三人。要從中找出一個人的身分，形同大海撈針。

據唐澤的相驗，死者的牙齒有治療痕跡，原本期待能從這方面得到線索，但至今警察牙醫尚無反應。震災之際，病歷對確認身分雖有重大貢獻，但病歷的保管年限是最後診療日起算五年。無名女子若是在更久之前治療的，病歷便很有可能已經銷毀。

笘篠早就料到以隨身物品追查身分會有困難。畢竟無名女子的隨身物品就只有手錶，包包裡當然連手機也沒有。從解剖的結果看來自殺的可能性很高，若是自殺，很可能將手機在內的持有物視為對此生的留戀而加以丟棄。目前，氣仙沼署的調查員在南町一帶搜索，但沒有發現屬於無名女子的物品，連一條口紅都沒有。

要是能找到手機就好了——想必氣仙沼署的調查員也與笘篠有同感。從手機資料遲早能查出身分，詢問相關人士便能了解自殺的動機。這年頭手機承載了大量的個人資料，是一個人最大的身分證。換句話說，沒有手機，就很難查明一個人的身分。

沒想到要查出一個人的身分竟如此困難。儘管沒說出口，正覺得棘手時，旁邊開車的蓮田朝著正面便對笘篠說：

「關於那個在海岸發現的女屍啊，」

笘篠默默點頭。長時間一起工作，有時光憑臉色和氣氛就能知道對方的想法。也許搭檔和夫妻很像。

「已經一週了喔。」

「是才一週。」

或許這說法聽起來像在逞強，只見蓮田苦笑一下。

「有時候我也會想，人的身分來歷這些，其實很容易一下子就查不到了。身上沒有東西，資料庫裡也沒有資料。本人的屍體明明就在眼前，可是到這現在我們卻還連她的本名都不知道。」

「光存在是不行的。」

「哪裡不行？」

「要被視為一個有名有姓的人，光是身體存在是不夠的。紀錄和記憶缺一不可。要有證明他存在的官方紀錄，也就是根據戶籍發行的各類證明。還有其他人看過他、和他說過話的記憶。沒有這兩項，就算人就活生生站在這裡，他也不存在。」

「……笘篠先生有時候會說些很有哲理的話呢。」

「這不是哲理。眼前這具被發現的女屍就是因為沒有紀錄和記憶，所以明明有身體也無法證明她存在啊。」

而且，也有相反的情況。

奈津美和健一都沒有從那一天回來。但住民票*上他們還生存著，更重要的是，笘篠記得他們兩人。只要有紀錄和記憶，他們就能永遠存活。

「對了，南町的訪查有進展嗎？笘篠先生也去了吧？」

「算是吧。」

「算是……真不像笘篠先生會說的話。」

不但沒有任何成果，還一直被訪查的對象安慰，實在令人無地自容。笘篠要撐起顏面就已經很勉強了。

「南町海嘯災情慘重，現在還繼續住在那裡的居民說法都一樣。他們都不認識死者，前一天也都沒有看到她。雖然她選擇了海岸作為臨終之處，但她不太可能是當地人。」

「可是我覺得她會選擇死在海岸一定是有原因的。」

「既然一個與南町沒有淵源的人選擇死在海岸，就會出現別的疑問。女子的死亡推定時間是二十八日晚間十點到十二點之間，她走過海岸前的馬路時，店都打烊了，而且那邊連路燈都沒有。應該幾乎是全黑的。一個外來的人如何在陌生的地方抵到海岸？我先聲明，指示海岸方向的那類標示那個時間都淹沒在黑暗中，派不上用場。」

「聞著海潮味之類的？」

「海潮味滿街都是。聽海浪聲的可能性也很低。死亡推定時間那時風平浪靜。」

＊ 日本各地方政府為管理當地居民當前居住地的證件。以個人為單位，記載有姓名、性別、出生日期、住址、本籍等資料，是為國民保險、國民年金、兒童津貼等社會福利的依據。與戶籍不同的是，戶籍記錄的是親屬關係，如父母、出生、婚姻等，而住民票則是證明居住關係。

「……我投降。笘篠先生已經有假設了吧？」

「哪來的假設。不管是鼻塞還是戴耳塞，都能指引路徑的好東西，你不是也有嗎？」

「哦，智慧型手機啊。可是，屍體沒帶手機啊。」

「不是在去海岸的路上丟了，就是扔進海裡了。那個年紀的女人不可能連一支手機都沒有。應該是在哪裡處理掉了。」

「假設她是用手機導航到海岸的話，就很有可能是扔進海裡了。」

「對於一個女人能把手機丟多遠看法見人見智，但就算要找潛水夫也應該要打撈海底。我聽說氣仙沼署並沒有做得這麼徹底。」

「我想也是。現場周邊只有本人的腳印，死因又是服毒。他們應該不想把錢和人力花在查自殺原因上吧。」

既然氣仙沼署不想，那就我自己來潛水——正當笘篠想到這個無厘頭的主意時，胸前口袋的手機響了。是氣仙沼署的一瀨打來的。

「喂，我笘篠。」

『我是一瀨。現在方便嗎？』

「隨時都方便。」

『那個自殺女子的案子，有民眾通報了。說可能是在他們店裡工作的。』

在南町的訪查和手機的事，瞬間從思考中消失。

「真的嗎？」

『才剛接到的通報。我現在正要去找通報的民眾，想說先跟笘篠先生說一聲。』

「我也一起去。」

笘篠完全沒考慮到蓮田就在身邊，當下便脫口而出。

「告訴我地點。」

『在氣仙沼市內。』

笘篠記住了一瀨說的住址，發現沒問重點。

「她在什麼店裡工作？」

『應召站。』

這個回答又一次擾亂了笘篠的心。

掛了電話後，蓮田說道：

「笘篠先生這次真的跟平常很不一樣。」

「抱歉，把我在最近的車站放下來。課長那邊我事後再報告。」

「你要跟氣仙沼署會合是吧。搭車轉車會來不及的。我陪你去現場。」

「抱歉，這個人情我一定……」

「在工作上還對不對？求之不得呢。請趕快把這個案子解決，恢復正常運作吧。」

一瀨說的住址是氣仙沼市赤岩杉澤，外環道路附近的複合式商業大樓。竟然就在氣仙沼署附近，笘篠心想，所謂燈台底下暗就是這麼一回事。

他們與很講義氣地在大樓前等的一瀨會合。

「沒想到特種行業就開在離市政府這麼近的地方。老闆不是膽子特大，就是腦子特笨。」

「因為所謂應召站也只是派遣應召女郎，沒有店鋪啊。這棟大樓裡的也只是辦公室而已。」

放眼望去，遠處還有國中校舍。

辦公室位於大樓的三樓。門上掛著一個大小不太起眼的廉價牌子「貴婦人俱樂部」。迎接笘篠等人的是老闆兼店長，一個名叫栗俣友助的男子。姿態低，斯斯文文的，白襯衫打領帶的樣子，看起來和一般上班族沒有兩樣。

辦公室大約是一房一廳的大小，既沒有應召女郎的照片，也沒有高唱高收入、無經驗可的徵才海報。一張辦公桌，三張椅子，這個簡陋得不能再簡陋的房間就是栗俣的城池。

「因為震災，我工作的水產加工公司倒了。」

栗俣瞬間失業，但幸好有積蓄所以起意創業。

「遇到那種災情以後，我實在受夠靠海賺錢了。」

「可是從水產加工到特種行業，轉得好遠啊。」

這時候主持局面是本來便負責此案的一瀨的工作，笘篠完全是擔任輔佐。

「我想很多局外人會想像要和反社會勢力什麼的周旋然後就退縮了，可是這一行只要有一間辦公室、一條電話線、一台電腦就能開業了。申請好無店鋪型特種行業執照，做好網站，再來就只要徵才和登廣告就行了。」

「聽你說得好像很簡單。」

「門檻是不怎麼高。不過開業以後才辛苦。能不能成功，就要看在維持女孩水準的基礎上能打出多少特色。」

「維持水準用說的是很簡單，可是要一個個教服務內容不是很辛苦嗎？」

「又不是我來手把手地教。如何應對和那方面的技巧都要看女孩自己。而且，只要錄取面試時印象好的女生就行了。」

如此樂觀的說法反而啟人疑竇。一瀨似乎也一樣，詢問的語氣尖銳了些。

「聽你說的好像來應徵的人源源不絕似的。」

「是真的源源不絕啊。開業之前，我也沒料到會有這麼多女生會來，不過聽同行說，在震災以後一下子變多了。海嘯不但沖走了建築和人，也沖走了工作。」

直白的說法反而使他的話更有衝擊力。餐飲與性相關產業的需求一直存在。當一個城市的主要產業呈毀滅狀態，這類職業吸引女性投入也是理所當然。

「您通報的那名女子也是其中之一嗎？」

「哦，對對，幾位是為 NAMI 來的嘛。不好意思，忍不住就說起自己來了。」

NAMI 似乎是無名女子的花名。明知道不是，聽起來卻像以花名親暱地叫自己的老婆，笘篠不禁心生反感。

「我看到公開的照片，就想起來了。面試的時候，為了確認是本人，我都會請她們出示駕照和住民票，公開的照片就跟我那時候看到的照片一樣。」

「住民票的地址呢？」

「我想和駕照的是一樣的。因為如果不同的話，我應該會當場問她才對。」

「她有帶履歷或其他文件來嗎？」

「應徵這種工作是不用履歷的。一般來面試之前她們都會先來電洽詢，我會告訴她們只需要帶能夠確認是本人的證件和住民票就好。」

「面試的時候會詳細詢問個人資料嗎？」

「為了排班表、決定出場次數，我會問來應徵的理由和可能排班的時間。NAMI說她因為震災失業，又是單親媽媽，就更需要生活費。她說她白天沒有工作，所以是一週五天的全天班。」

「她是什麼樣的人？會主動提起自己的私事嗎？」

一瀨為何會這麼問，不需要多做解釋。他的用意是希望能從日常對話中找到女子真實身分的線索。然而，這番嘗試也是徒然。

「感覺不是很愛說話。而且，一旦錄取，就是用電話或簡訊聯絡客人的地點，她們不太會進辦公室，所以幾乎沒有說話的機會。什麼樣的人啊……嗯——，雖然有時候會臨時取消，或是和客人發生一點小摩擦，不過都在這一行的容許範圍裡，所以什麼值得特別留意的。希望盡快找到其他工作的態度很明顯。不過，這一帶沒有比這一行好賺的工作，所以有苦衷的人怎麼也走不了。」

她既然冒用了奈津美的名字和住址，自稱單親媽媽這一點也很可疑。

問題終於進入核心。

「五月二十八日她有班嗎？」

「請稍等。」

栗俣從辦公桌上的櫃子取出檔案夾，翻開。看樣子是在查當天的預約。

「啊，有。五月二十八日下午有兩個預約。兩次結束都有回報。」

「最後派遣是幾點的預約？」

「晚上七點。地點是市內的商務飯店。回報結束是晚上九點。」

笘篠與一瀨對望一眼。假設她晚上九點接完客之後直接前往南町的海岸，算起來便與死亡推定時間晚間十點吻合。

「有客人的聯絡方式嗎？」

「這種預約大多都是假名。手機號碼也不知道是不是永久的。」

「沒關係。請協助辦案。」

栗俣猶豫了一會兒，但似乎判斷既然從事特種行業，別惹警方才是上策。只見他說服自己般點點頭，將檔案夾遞過來。

「資料由我們提供一事，請務必保密。」

保密當然沒問題，但與應召女郎偷歡一旦被第三者知道，應召站就免不了被客人懷疑。雖然能理解栗俁的立場，也不得不說這是強人所難。一瀨也明白，因此沒有多說便直接抄了檔案上的資料。

「NAMI 是自殺的嗎？」

栗俁忽然拋出問題。早一步反應的是笘篠。

「您為什麼認為她是自殺的？」

「只是純粹覺得她不像會招惹別人的人。」

栗俁的語氣從頭到尾都一樣，一本正經。

「她有說過有自殺傾向的話嗎？」

「完全沒有。只是啊，這個社會雖然很開放，可是會來特種行業的女孩多半還是有她們的苦衷。NAMI 長相平平，也不是那種特別親人，或是特別喜歡做愛的人。這樣一個女孩不得不一週排五天班。其他女孩也差不多。要是有別的條件好的工作，我想她是絕對不會來敲這裡的門的。我有時候也會從同行那裡聽說東京業界的逸事，什麼賺零用錢啦，興趣與實益兼具啦，跟災區比起來簡直像別國的事。」

字裡行間透露出不甘和諦觀。災區人的哀怨跨越了取締方與被取締方的立場傳了過來。

「好幾個應召女郎去了東京。長駐災區的勞工全都被奧運景氣挖角到東京工地，那些女孩等於是跟著去的。東京到底是有多偉大啊。」

儘管沒有明言，粟俁對自稱奈津美的女子之死憤憤不平。他應一瀨的要求提出客戶資料當然有職業上的考量，但他本身的義憤或許也推了一把。

坐進一瀨開來的便衣警車，兩人一起看了粟俁提供的資料。檔案裡記載的資料如下：

1 下午三點到五點　田中先生　電話 080-○○○○-○○○○

格蘭帝飯店 625 號房

2 晚上七點到九點　山田先生　電話 090-○○○○-○○○○

氣仙沼旅棧 414 號房

「田中和山田啊。這種名字擺明了就是用假名啊。」

「叫小姐會用假名，但幾乎所有的人在飯店用的都是本名。也可以用電話和飯店比對。」

「但願如此，不過笘篠先生那邊不要緊嗎？你要幫忙我們是完全沒問題，可是縣警本部的案子也不少吧？」

「不用擔心我。」

笘篠這麼說，注視檔案的資料。田中和山田。這兩人是最後與她接觸的人。根據栗俣的說法，她在生活方面有困難，但沒有要自殺的樣子。若她是在死前不久才決心自殺的話，與這兩人有關的可能性就很高。提供性服務的她向最後的客人說了什麼、客人又對她說了什麼？

冒用姓名與住址，不惜賣身度日的女子不得不自絕性命的原因究竟是什麼？

笘篠越想越認為這個問題的難度不亞於追查殺人案真凶。

4

翌日，一瀨又來了電話。

『查出無名女子買止痛藥的店家了。』

接到電話時，笘篠剛結束某強盜案嫌犯的偵訊。手上同時有好幾個案件是家常便飯，但無名女子的案子對笘篠而言畢竟是特別的。

『是幸町的一家藥妝店。她買的時候正要打烊，而且就買了一盒止痛藥，所以店員也記得。我確認過傳票了，商品名稱也一致。』

「喂，幸町不就是……」

『是啊，她最後接客的氣仙沼旅棧的所在地。她一出飯店就直接去買止痛藥了。』

或許是笘篠多心，一瀨的語氣聽起來似乎很開心。死者自行買藥在無人的海岸服用。有了這樣的查證，自殺幾乎可說是確然無疑。對氣仙沼署而言，就是解決了一個案子，調查員的負擔也隨之減輕。

然而，這個案子在笘篠還沒有結束。無名女子如何取得奈津美的姓名和住民票？以及，是什麼逼她走上了絕路？只要這些謎沒有解開，對笘篠而言案子就還沒有了結。

「不好意思在你剛了結一件案子時這麼說，我想去向當天的客人了解狀況。你著手調查田中和山田在飯店登記的資料了嗎？」

略略停頓後才有回覆。

『……向格蘭帝飯店確認過了。田中果然是假名，在飯店登記的是本名。』

「本名叫什麼？」

『荻野雄一，住在陸前高田市小友町，四十五歲。』

「你打過他的手機了嗎？」

『還沒。』

這樣反而更好。讓別人去追查無名女子的真實身分，笘篠總有隔靴騷癢之感。同時他也不能丟下手中現有的案子。從石動對待自己的方式，他也知道自己深受倚重。他無意奉承上司，但也無意故意唱反調。在一年到頭都人手不足的搜查一課，笘篠被地方分署的案子拖住，就意味著本來應該負責的案件處理進度會有所延遲。

於是便產生公私無法兼顧的狀況。按理說本來應該只能犧牲其中一邊的，但這次笘篠就硬是不按常理走。

「知道荻野在哪裡上班了嗎？」

『目前只知道住家。』

「我想一早過去。你能一道來嗎？」

再次停頓之後才有回覆。

『……就算我說不能，笘篠先生也不會死心吧。』

「當然不勉強。」

「其實就等於在勉強了啊。我知道了。明天一早，我會開車到宿舍。」

「抱歉啊。」

『這次笘篠先生一直道歉欸。這樣不像你啦。』

結束了通話，笘篠才發現那是一瀨式的諷刺。

第二天一早，笘篠上了一瀨開的便衣警車直奔陸前高田市小友町。陸前高田市與氣仙沼市同樣災情慘重，而復興的工程也同樣中斷了。震災當時，海嘯摧毀了包括市政府在內的市中心，八〇六九戶居民中，全毀、半毀者超過半數，多達四〇四一戶。災後雖規劃了大規模的土地重劃與重新開發，但進度不如預期。多數地點是了無生氣的沙土色，臨時住宅比新建築還醒目。

堆起的高台與來往的重型機具象徵了希望，但被奧運建設搶走了勞工的工地吹著蕭瑟的寒風。

沉默降臨在望著車窗外的笘篠與一瀨身上。這副光景當前，無論說什麼都空虛。

「真的是一轉眼的工夫。」

一瀨喃喃吐出一句。

「這一帶的建設計畫預定在二〇二〇年度完成。以近十年的時間建設新市鎮。但要是再來一場前所未有的海嘯，一轉眼就會全毀。簡直就跟沙雕一樣。」

笘篠心想，難不成他是被前幾天栗俁的詛咒傳染了嗎？

不，不是的。

凡是經歷過震災的東北人，都對大自然懷抱著絕望與虔敬之心。無論耳中聽到多少復興工程的噪音，眼睛看到多少嶄新的建築，無常之感仍如影隨形。因為切身感受過大自然的瞬間破壞力，才會覺得永續這兩個字騙不了人。

笘篠對一瀨這番話無言以對。默不作聲像是全面贊成，他也不願如此，但無論說什麼都沒有意義。

「荻野是住在小友町吧。」

「小友的第二臨時住宅區。」

笘篠終於明白這一路開車的一瀨為何怏怏不樂了。

陸前高田市小友町獺澤第二臨時住宅區，一般稱為莫比利亞臨時住宅。在原為露營車營地的用地內，建有一〇八戶臨時住宅。由於原本是露營車的露營區，每一區都有完善的水電、下水道，震災後便作為避難所。

荻野是那個住宅區的居民。栗俣說無名女子因震災失業，換句話說，就是因震災失業的女子向因震災失去家園的男子賣春。

那畫面於情於理都令人感到難以承受。

上午七點，荻野還在家。滿臉的鬍碴與鮪魚肚多半不盡然是獨居養出來的。

「荻野雄一先生？」

這裡由笘篠負責提問。一開始，荻野對警察上門只是感到訝異，一聽到「貴婦人俱樂部」就著了慌。

「那家應召站是違法的嗎？我沒有真的做哦，只是請她幫忙按摩一下而已。」

都找了應召女郎了還有什麼只有按摩的。笘篠暗自苦笑，仍仔細觀察對方的表情變化。

「下午三點到五點之間，是一位名叫NAMI的女子接客對吧。這位NAMI小姐，第二天被發現死在氣仙沼市的海岸。這件事您知道嗎？」

看來是沒聽說，只見荻野眼睛張得好大。如果是裝的，那可真是演技精湛。

「我不知道啊！你們該不會因為我是客人就懷疑我吧？」

「請放心，您沒有這樣的嫌疑。我們想知道的是這位NAMI的來歷。她是在哪裡出生的，至今過著什麼樣的生活？在服務你的這段期間，她有沒有提到這些？」

笘篠仔細解釋。於是荻野終於明白了警方的來意。

「請坐吧，雖然很亂。」

這不是客套話而是真的很亂，所以笘篠和一瀨留意著腳邊的東西在地板上坐下來。

「兩位是氣仙沼署的刑警吧。」

「是啊。」

「你們一定覺得託政府的福，住在臨時住宅的人卻去找小姐很不像話對不對？」

「您自己賺的錢要怎麼用是個人的自由。要求災民不要接受性服務也算是一種扭曲的道德。強制的道德只不過是暴力。」

聽到警察如此寬容，荻野似乎放心了，小小吁了一口氣。

「所謂的來歷，就是她的出身那些的吧？」

「你買了她兩個小時。兩個小時的時間很長。其中當然也有沒交談的時候，但不說話撐不了那麼久。從事服務業的女子都有一定程度的話術。就算有內容幅度和技巧高下之分，但一般為了和客人聊得開心，都會提供各種話題吧。」

「呃，請等一下。」

荻野像是要回想和她的對話般閉上眼睛。

「NAMI 進房來……說今天很悶流了汗，想馬上去沖澡。所以她先去沖了澡，然後說明服務選項，然後就，那個，依照流程來。」

雖然不需要辦事的實況，但不從辦事說起荻野似乎無法回想起對話。笘篠選擇默默傾聽。

「我們就互相誇對方的身體，NAMI 很白，我問她是不是秋田人，她說她是本地人。」

「本地人。明確是哪裡？」

「她說，從有記憶以來就是北關東和東北來來去去的。又說，東北的冬天是很冷，但北關東的風也很難挨。我沒踏出過東北，竟然有地方冬天跟我們這裡一樣難挨，讓我很感興趣。」

無名女子曾住過北關東，這是新情報。當然，不能否認她有對客人編故事的可能，但她提到了北關東乾冷的落山風這個特有的話題，便相當有可信度。

「聊著聊著，我聽 NAMI 的口音和我幾乎一樣，就問她是哪裡出生的……NAMI 說她五歲之前都住在氣仙沼。因為家裡的關係還是什麼的搬到北關東……就說了這些。」

有關連了。

無名女子和氣仙沼果然有淵源。雖然從南町的居民那裡沒有得到有用的資訊，但如果她五歲搬走就說得通了。就連老居民佐古的記憶也只能往前回溯三十年不是嗎？

決心一死的人選擇出生故鄉的海岸作為最終之地。

笘篠覺得，當一個人曾一度面對數不清的死亡，就不難了解這種心情。五歲已經開始懂事了，若是她在當地有什麼難忘的回憶也不足為奇。想懷抱著幼時甜美的回憶死去，是極其合理的心理。

正因如此，另一個疑問就變得更大。讓她選擇死亡的直接原因是什麼？

「她有沒有說到本名？」

「本名……刑警先生，絕大多數下海的小姐都不想說本名的。在客人面前扮演小姐是她們的基本原則。」

荻野突然擁護起性工作者。

「只是當下這個時間扮演小姐而已，真正的自己在別的地方。不這樣想，怎麼幹得下去？我常利用應召服務，其實沒資格這麼說，但正因為是常客，才多少了解她們的心情。你覺得這些女生會隨便說出本名嗎？」

被他這麼一說，的確如此。

「別的不說，人家小姐一開始就報花名了，我們也很清楚問她本名是很沒禮貌的。」

所以是買花人與賣花人之間的默契嗎？

「除了這些還說了些什麼？」

「我是工地的作業員，所以那方面體力很好，可以連續多少次之類的……再來就是最近看的電影啦，喜歡的藝人啦，這些無關緊要的。」

笘篠持續追問有沒有更進一步的談話，但並未再出現值得注意的說辭。

「雖然對NAMI不好意思，不過在小姐裡，她算是中下級的。遇到的話是不會換人，但也不會特別指名。因為她是這種程度，所以我就沒有想到要多問。因為反正不會有下一次了。」

儘管體諒特種行業女性的立場，評論起來還是毫不留情。這就是所謂的常客嗎——笘篠微感心寒。

「沒有苦惱的樣子嗎？」

「完全沒有。在辦……接客並不會公事化，也會稍微假裝一下，沒有想不開的感覺。」

無名女子是在接完第二個客人後直奔藥局。應該可以相信荻野的看法。

離開荻野家，兩人默默走向便衣警車。要是隨便開口，只怕會讓彼此心情都很差。

鑽進車裡，兩人不約而同短短嘆了一口氣。

「這種事真討厭。」

「是啊，真討厭。」

討厭歸討厭，還是要收進記憶的抽屜。目前不知無名女子的身分，再微小的事情都要一一收集。

「最後的客人山田那邊呢？」

「問過氣仙沼旅棧了，這邊用的是假名。姓名和住址都是假的。」

「他在飯店登記了假名？」

「因為最近飯店都是採預付制啊。就算登記不實，實際損害也不大，飯店也就懶得查了。」

「但手機號碼倒是和『貴婦人俱樂部』紀錄的一樣。只能從這裡找出門號所有人了。」

向電信業者查詢簽約客戶這件事本身輕而易舉。只要發函給該電信公司即可。問題是發函的名義。這就只有管轄案件的氣仙沼署才有職權，笘篠無從插手。

之所以說出要從手機號碼追查用戶，是兜著圈子要一瀨發函。

笘篠的用意一瀨一清二楚，只見他瞪眼瞧過來。

「笘篠先生施壓叫別人做事的方式真是一點都沒變。」

「誰叫我赤手空拳呢。只能施壓了。」

「就不能稍微考慮一下我的立場嗎？這是以自殺處理的案子耶！這樣等於是叫我重

挖一遍案子。」

「抱歉啊。」

「……以前在氣仙沼署共事的時候，我覺得笘篠先生是個老練的人。現在根本就是老奸巨猾了。」

一瀨口出怨言就證明他答應了。笘篠舉起一隻手表示感謝。

二——倖存者與消失者

残された者と消えた者

1

一週後一瀨來電。
『查出用戶了。』
在氣仙沼旅棧與冒名奈津美的應召女郎見面的山田究竟是誰？唯一的線索是飯店旅客資料中登記的手機號碼，但笘篠並非該案的調查員，無法洽詢電信公司取得用戶資料。
「抱歉讓你費心了。」
『我也只能幫到這裡了。』
電話另一頭的一瀨苦笑著說，
『用戶的姓名住址我直接用說的，剩下的就全都交給笘篠先生了。』
既然氣仙沼署以自殺處理，一瀨再繼續調查就會造成風波。另一方面，氣仙沼署的約束也使笘篠無法自由行動。一瀨聲稱不再管毋寧是出自好意。

說了用戶姓名和住址，一瀨便匆匆掛了電話。只說事情不多說別的。這也是一瀨才有的體貼。

電話是在辦公室裡接的，坐旁邊的蓮田或許全都聽到了。被他知道笘篠也不在乎，但對蓮田而言，有一個基於私情辦案的搭檔不是什麼好事。

往旁邊一瞄，只見蓮田一臉哀怨。

「笘篠先生，你嗓門太大了。你的聲音是很低卻聽得很清楚的那種。」

「我和你搭檔也好一陣子了，這倒是頭一次聽說。」

「你自己不知道嗎？」

「自己沒感覺。」

「你知道被私情驅策暴衝並不值得嘉獎對吧。所以才會看我的臉色。」

「你就當作沒聽到。那我就不必看你的臉色了。」

「明知道你會暴衝叫我怎麼當作沒聽到啊。」

蓮田轉動椅子正面盯著笘篠。

「是上次冒用你太太的名字的案子吧。」

「查出最後見到她的人是誰了。」

「你去找他要問什麼？她的案子已經當作自殺處理了吧。難不成你連自殺的動機也要查嗎？」

「那種事，要問本人才知道。我想知道的是她是透過什麼途徑拿到我老婆的名字和住民票的。」

「反正你就是沒有交給氣仙沼署辦的意思對不對？」

「這是我個人的私事啊。」

「我還是跟你一起去。」

「我說那是我個人的私事。」

「怎麼能讓一輛沒有煞車的車子亂跑。」

蓮田只說了這句話，便把椅子轉回去繼續用電腦打報告。儘管覺得他雞婆，但煞車的比喻笘篠倒是覺得頗為傳神。平常的笘篠自制也自重，但不能否認，這次是有感情用事之感。

「你要跟隨便你，可是要以現有的案件為優先。」

「這才是要隨便我。」

蓮田似乎異常煩躁。

據一瀨拿到的資料，山田本名叫枝野基衡。單子上的住址是仙台市泉區南光台，現在仍使用同一個門號。既然有了住址，事先打電話約談也是個辦法，但又何必讓枝野起不必要的警戒心。還是照最順當的方法，趁本人在家的時間上門訪問比較好。這樣的話，蓮田就得跟著深夜清晨地跑，但如果他不方便，單獨行動就是。

笘篠正思索著這些，眼睛盯著電腦螢幕的蓮田頭也不回地開口：

「如果你以為深夜清晨我就會放棄，那你就大錯特錯了。」

被看穿的感覺並不好，但既然都被看穿了，就沒什麼好顧忌的了。

「那好，今晚就去突擊。」

晚上十點，笘篠和蓮田一同抵達枝野家門前。泉區南光台是位於青葉區與宮城野區交界的一處社區，由南光台社區、南光台東社區、南光台南社區構成。

南光台是將山谷填土形成的住宅用地。一九六一年起開發、分售，但因《宅地造成等規制法》制定於一九六二年，因此該地的填土造地是否合於法規則不明。東日本大震災對這片填土而成的住宅用地也帶來莫大災害，各處地面龜裂、地層下陷、土壤液化、擋土牆與空心磚牆損壞。因坡面崩塌而半毀的房屋集中在谷口部分。至今地震肆虐遺跡猶在，四處散見放任空心磚牆倒塌的民房。

枝野家便位於其中一角。

依住址找到的建築上掛著「枝野」的門牌。按了對講機，一個男人的聲音來回應。

『哪位？』

「宮城縣警。請問枝野基衡先生在家嗎？」

『請、請稍等一下。』

稍後來開門的，是一個年約三十四、五歲看似好好先生的男子。對於警察來敲門似乎非常意外，看笘篠與蓮田的眼神因困惑而游移。

「我就是枝野基衡，可是我沒有做任何要勞煩警方的事。」

「只是單純的訪查。請問您認得這位女性嗎？」

笘篠在枝野眼前出示無名女子的照片。枝野似乎是藏不住表情的那種人，臉色一下子就變了。

「看來是認得了。方便的話，想向您請教一些問題。」

「在門口不太方便……」

枝野不安地左右張望時，屋內飛來一個女聲。

「老公，警察有什麼事啊？」

「哦，好像是來問一些朋友的事。我跟他們講一下。」

枝野反手關上門，壓低聲音說：

「附近還有鄰居。有沒有地方可以好好說話？」

「如果您不介意在警車裡談的話。」

「只要能保密，哪裡都可以。」

幸而笘篠他們開的是便衣警車，不會引人注目。笘篠請枝野進了後座，與蓮田形成兩面包夾之勢。

「這位是『貴婦人俱樂部』的 NAMI。五月二十八日晚間七點到九點這段期，您在投宿的氣仙沼旅棧與她見面對吧。」

「見了……那個，我沒做什麼違法的事啊。」

「請不要誤會。我們並不是來追究您與她的豔事。您知道這個名叫 NAMI 的應召女郎當天就死了嗎？」

枝野瞬間呆掉。

「……咦？」

實在不像演技。即使他不知道也合情合理。因為報導中只有笘篠奈津美的名字，並沒有刊載照片。

「到底是怎麼回事？難不成是被人殺害了？」

「目前是視為自殺。她和你在飯店分手之後，緊接著就去藥妝店買了止痛藥，第二天早上遺體被發現在氣仙沼的海岸。」

「自殺？怎麼會這樣。」

枝野雙肩頹然下垂，緩緩低下頭。

「我們想請問枝野先生的是，您與她共度的兩小時中發生了什麼事。她與您分開後便直接去買藥。她輕生如果是一時衝動，我們懷疑原因是否就出在這裡。」

看枝野似乎已失去緘默和隱瞞的意志，笘篠便沒有逼問。靜靜等著他便會主動說出來。

「內人現在懷孕了，」

枝野唐突地開始坦承，

「我們已經很久沒有性生活了。我在半導體廠的研發部上班，」

枝野說了一個無人不知的大企業，

「那天，我到氣仙沼市出差。然後，一到飯店就忽然鬼迷心竅，在網路上搜尋了應召站。」

「於是找到了『貴婦人俱樂部』。」

「我看了上面的照片，是我喜歡的類型。當然，眼睛的部分被槓掉，只能看到其他部分就是了。然後她準時到達，可是一開門我嚇了一大跳。」

「為什麼？」

「因為是熟面孔。」

笘篠不禁差點站起來。車內空間很小，他險些撞到車頂。

「是您認識的人？」

「有二十多年完全沒消息，但是一看到臉我馬上就想起來了。世界上真的有巧合啊。她竟然是我國小、國中的同學。我是嚇到了，她好像也大吃一驚。」

「她的本名是？」

「鬼河內珠美。」

聽到名字的瞬間，腦海一隅有所反應，但笘篠決定先專心聽枝野說。

「我是仙台市土生土長，不過她好像是要上小學的時候才搬來的。我們國小、國中都是同學，但她在國中畢業的時候，因為家裡的關係搬到栃木去，就沒消息了。」

「所以斷訊二十年。沒有舉辦同學會之類的嗎？」

「有過好幾次，不過她從來沒出席過。我也問過主辦，說是邀請函寄出去已遷居無法改投退回來。」

笘篠自己也曾被拱過當同學會的主辦，很能理解。一旦失去聯繫，只要對方不主動聯絡便會從此失聯。僅僅是數年在同一間教室上課的交情，自然也有合不來的同學。只要天天都有新的人際關係發生，舊面孔就會漸漸被埋在記憶深處。

「那麼，一定敍舊敍得很開心吧。」

「呃，這個，有點……」

枝野的話突然變得拖泥帶水。

「怎麼了嗎？」

「一開始，重逢彼此都很開心。也聊了很多以前的事。像是班長現在怎麼樣啦……有誰誰誰因為震災走了什麼的。」

這多半是東北人才會有的話題。聊起朋友的話題時，首先以是否受災為前提。實際上，很多人都因為那次震災失去了朋友。想重溫故交的對象已然不在。

「一開始是慶幸彼此都活著，可是聊到現在在做什麼就突然尷尬起來……」

不用問笘篠也猜想得到。一邊是在知名的半導體公司研發部，另一邊是應召女郎，環境和收入都相差太多。聊久了自然話不投機。

呃——枝野的說法變得有些迂迴。

「過了二十年，大家的生活水準和所處的世界都變了很多。那個，我畢竟是客人，她是應召女郎，所以我們就先進行我買的方案。」

想像當時的場面，笘篠很同情鬼河內珠美。身為應召女郎，一見客竟然是同學，而且人家還在大企業上班、擁有獨棟屋。想像為這樣一個對象提供性服務的女性會有什麼樣的心理，實在令人於心不忍。

「枝野先生內心也很複雜吧。」

「複雜嗎，怎麼說呢，我那兩小時還滿愉快的。老實說，從聽到她自殺的那一刻起，我就陷入很嚴重的自我厭惡。」

「因為和同學玩嗎？」

「不是……其實在那當中，我對她說了有點，不，是很過分的話。」

哦，原來如此——笘篠明白了。就像跟年紀足以當女兒的應召女郎玩過之後還要對人家說教的老頭，枝野想必也是在享樂當中給了她什麼忠告吧。

然而，笘篠猜錯了。

「我的話是過分了些，但說起來是珠美不好。要不是以前發生過那種事，我也不會那樣。」

枝野的話裡帶了一點刺。

「那種事是什麼事？」

「國中的時候，我和她的立場和現在完全相反。不是有校園階級嗎。國中的時候，珠美在頂端，我是底部的。」

「實在看不出來。」

「刑警先生是仙台人嗎？」

「我在東北各地來來去去的。怎麼了？」

「當時，即使是在仙台市內，郊區都還很鄉下。像小混混那些不良少年很受歡迎，功課好的反而墊底。我們生活圈小，附近又沒有大學，所以大家根本就不會想到要上大學，在地的權力關係就直接延續到成人。鬼河內珠美就是那些不良集團的，我每天都被她們欺負。珠美自己也打過我、逼我交出零用錢。」

所以二十年後一見，這樣的權力關係反過來了。不難想像枝野灰暗的喜悅。

「在這裡碰面也是緣分，我就滔滔不絕說起現在的自己有多幸運多幸福。而且是在進行親密行為的時候。說起以前，與現況的反轉就更明顯，而她好像非常窮困，完全不談自己的現況。就算我自吹自擂，畢竟我是客人，她還是不能不保持營業笑容。越說我就越痛快。」

那樣的狀況光聽都令人反胃，但正在坦承一切的枝野多半是扛不住罪惡感不吐不快。而不得不面對目前的差距的鬼河內珠美會被嘲諷也是她自己種的因，所以也不能一概認定她就是弱者。

「還有就是，這真的控制不了，自然而然就會講到那裡去，就是，當我這樣折磨著珠美，無論如何就會忍不住要說起國中畢業以後唯一一次聽到的珠美的消息。」

「什麼樣的消息？」

「就是她爸媽聯手轟動了社會啊。刑警先生記得嗎？很久以前，宇都宮市發生的資源回收店店員虐殺案。」

難怪剛才腦海一隅有所反應。二〇〇三年，宇都宮市發生了慘案，二名在資源回收店工作的青年遭店主夫妻殘忍虐殺。兩名青年身上有無數傷痕，令人不願想像生前所遭受的凌遲亦不可得。平常只要不滿兩名青年的工作，鬼河內夫妻便加諸暴力，還要他們賠償店裡的損失，逼他們提領出所有存款。而最後當青年準備報警時，便將他們拘禁，凌虐致死。

案情之慘酷，使坊間熱議的權力騷擾相形之下有如兒戲，此案因而成為社會焦點。凶手夫婦的姓氏別具特色容易記憶，更加勾起了人們的興趣。鬼河內夫婦被捕，一審判處死刑，二審定讞。兩人應該都已伏法。

但冒用奈津美姓名的女子竟是惡名昭彰的鬼河內夫妻的女兒，實在令人驚訝。

「在過程中，我把那對夫婦的惡行一件件拿出來說。到最後的時候，她笑著哭了。害我也反省自己有點太壞了。」

枝野搔著頭說，但這些懺悔的話也無比空虛。這就和把人狠狠打死之後，再向屍體道歉沒有兩樣。

「和你分手之際，鬼河內珠美是什麼樣子？」

「還是掛著營業笑容。我說我下次還會指名她，她也沒有回答。……請問，可以了嗎？太久我老婆會起疑的。」

放了枝野，蓮田移到駕駛座後故意嘆了一口大氣。

「怎麼了？」

「又一次見識到人並不是非善即惡。鬼河內珠美很可惡卻是受難者，枝野是校園階級的受害者，卻也一樣可惡。」

話說得幼稚，但笘篠很能理解他的言外之意。

「這樣也就能明白珠美為什麼要弄到另一個名字和住民票了。要是頂著鬼河內的姓，一定連工作都沒辦法找。」

「畢竟是令人難忘的罕見姓氏，鬼河內夫婦那個案子又轟動全國。即使她本人是無辜的，但光是身為那對夫婦的女兒，立場就很艱難了吧。」

然而，若相信枝野所說的，少女時代的珠美也有可議之處。說句缺德的話，感覺就是泯滅人性的夫婦養大的敗類女兒受了三人份的懲罰。

「看到鬼河內這個姓想起那樁命案，絕大多數的僱主都會對僱用這個人有疑慮的。就算珠美本身沒有問題，光是有她在，職場的氣氛恐怕就會怪怪的。」

「自殺的原因大致明朗了。好不容易隱姓埋名過日子，卻被最不想知道的人知道了。珠美的絕望肯定不小。」

國中畢業後的珠美走過了什麼樣的人生，只能訴諸想像，但在那對鬼河內夫婦身邊長大，實在無法浮現美滿的全家福。她之所以在北關東和東北輾轉流離，想必與這樣的背景脫不了關係。

最後她淪落為風塵女郎，向自己曾經看不起的最底層階級的人賣身。在同學的嘲笑送別中，她在路上的藥妝店買了止痛藥。然後，回到自己五歲前所住的故鄉。

三十年前的故鄉。儘管市容多少變了，海岸的位置與海水的味道一如往昔。既然她只在那裡待到五歲，負面的回憶應該也不多。不，或許對鬼河內珠美而言，在氣仙沼度過的那五年便是她人生中最美好的歲月。

當然，要確知死者的心思是不可能的。然而以珠美所處的狀況與死前枝野的凌辱，笘篠的推測理應是雖不中亦不遠矣。

「也算是有結果了。」

蓮田邊啟動車子邊問，

「已經查出冒用你太太名字的人的真實身分，也掌握她自殺的可能動機了。向轄區氣仙沼署報告以後，就塵埃落定了。」

不，還沒有。

笘篠無聲地告訴自己。很多不明事項確實都明朗了，但最重要的地方尚未水落石出。

珠美究竟是透過什麼途徑取得奈津美的姓名和住民票的？只要這一點沒有釐清，笘篠的案子就沒有結。

翌日，在電話中告訴一瀨事情的原委，他在另一頭大驚：

『竟然偏偏是鬼河內夫婦的女兒！難怪她想隱瞞身分。』

「珠美本人並不是罪犯，但社會上卻不這麼看。而且，也可能有人討厭鬼河內這個姓。」

『誰啊？』

「珠美本人。」

笘篠很想知道一瀨對自己的想法會有什麼反應。

「自己和父母是不同的個體。既沒有泯滅人性也不是惡魔。她或許是希望這樣說服自己才想丟掉鬼河內這個姓的。」

『這個解釋很有說服力。這樣的話我們課長也會接受。接下來就只要證明無名女屍就是鬼河內珠美，這個請讓我們氣仙沼署來吧。』

換句話說，是希望笘篠收手。

「還有一個疑問，珠美是怎麼拿到我太太的姓名和住民票的？」

『這一點也請交給我們。笘篠先生要是更深入參與，事情會很麻煩。』

「能不能告訴我具體上貴處要怎麼調查？」

『從珠美自宇都宮市遷居的紀錄追下去，應該就能找出她拋棄姓名的地點。』

「這可不一定。也許她有段時間兩個名字並行。你站在她的立場想想看，沒受過多少教育，又有一對凶手父母。我不相信光憑她自己的聰明才智就能假冒他人。懷疑有人提供建議或幫助才合理。除了住民票上的歷來住址，也有必要清查她在各地接觸過的人。」

『你應該知道我們刑事課有幾個刑警吧。』

聽他一副隨時都會哀嚎的語氣，就知道一瀨所處的立場。笘篠也有罪惡感，但這時候不能把球丟回去。

「既然這樣，定期通知我進展。不然我就自己行動。」

一陣沉默後，笘篠好像聽到對方嘆氣。

『請千萬要自重。你一定知道，警察這個組織討厭上面插手，更討厭別人從旁插手。』

電話過意不去地掛了。

2

果不期然，一瀨的進展報告很快便無疾而終。以他的為人，想必不是吝於向笘篠透露消息，純粹只是忙翻了。震災後過了七年，部分市區已重拾從前的面貌，而回到從前便意味著犯罪件數也回到平時。

而早一步復興的仙台市內，警察的忙碌更加顯著。

六月二十日上午六點五分，一群晨練的棒球少年發現一名男子死在市內太白區富澤公園內。仙台南警署接獲通報，立即會同縣警本部員警趕往現場。

「唐澤先生已經先過去了。」

開車的蓮田或許是被通報挖起來的，正揉著眼睛。

「真不知道他到底都幾點睡幾點起床啊。」

「聽說他無論睡多熟，電話響第一聲就會跳起來。真想向他看齊。」

一到現場的公園附近，便看到入口停了幾輛警用車。其中也有眼熟的廂形車，可見鑑識工作也已經開始了。在作為封鎖線的膠帶前，早已有看熱鬧的民眾遠遠朝公園內張望。

富澤公園緊鄰仙台市體育館，又因棒球場整備完善，使用者眾多。因佔地廣闊，可以想見鑑識時間會拉長，至少今天一整天應該都會禁止進入。

從膠帶底下鑽過，踏進公園。走在相當寬的步道上，看見球場邊的涼亭旁搭了藍色塑膠布的帳篷，便知道那裡就是現場。

帳篷前，南署的調查員正在與鑑識人員說話。

「找到了嗎？」

「還沒有，半徑十公尺之內還沒有發現。」

先抵達的人似乎是在找什麼東西。反正之後會有詳細資料，用不著急吼吼地問。

不久唐澤便從帳篷裡出來。

「哦，笘篠先生和蓮田先生。」

「早安。相驗完了嗎？」

「剛驗完。裡面請。」

從剛才聽到的那兩句對話聽起來，半徑十公尺內似已搜證完畢，但三人還是走在步行帶上。屍體便仰躺在盡頭。

笘篠合掌後將被單掀開。出現了一具中年男子的裸體。

「狀況一目瞭然，就是四處大外傷。胸部那一擊應該就是致命傷。」

正如唐澤所說，男子胸前有一小塊積血。因身體已經失去血色，深紅色的部分特別突出。血的表面已乾，但氣味仍在。一股鐵與肉攪和在一起的味道直衝鼻腔。

「從創口與創角的形狀推斷凶器為單刃利器。正確的判斷要等司法解剖的結果，但創腔直達心臟，直接死因很可能是失血而死。防禦傷只有右掌一處。推定死亡時間是昨晚十一點到深夜一點。」

由於看慣了傷口，笘篠並不特別驚訝。

有另一處外傷比胸口的傷更引人注目。

「好慘啊。」

笘篠身後，蓮田似是不由自主地吐出感想。

男子的鼻子以下全部遭到破壞。

並不是嘴裂牙斷這種輕微的程度，而是上顎和下顎扭曲得不成原形，連面貌都難以辨別。

「那方面的凶器就在屍體旁邊。是用花壇拆下來的磚塊把上下顎敲碎的。」

「那麼，找不到的是刺胸的凶器了。可是檢視官，你說大外傷有四處，還有一處在哪裡？」

「部下在找的不止是單刃的凶器。」

唐澤這樣說完，將掀到男子腹部的被單掀開更多。

笘篠的眼睛釘死在男子的雙手上。

那雙手所有手指的第一關節以下全部被切除。切面非常平整，全都是水平的。

「現在在找的是少了的十根手指。恐怕是用刺胸的那把凶器切掉的。」

唐澤的手指往屍體旁的血跡指。

「有痕跡顯示，凶手是讓被害者躺下之後，以水泥代替砧板。上下顎和手指切面都沒有生活反應，推測是死後進行的。」

模樣固然淒慘，但從缺損的地方看來，凶手的意圖很明顯。

「破壞上下顎是要讓人無法進行齒模鑑定，切掉十指是防止指紋對比，是嗎？」

「我是很想同意，但看來卻未必。男子身上的錢包裡有員工證和駕照。從鼻子以上的部分，應該可以認定屍體是駕照的所有人。」

向唐澤問完能問的，兩人來到帳篷外。馬上就去找最先那個說話的南署的調查員。調查員說他姓來宮。

「臉雖然變成那樣，還是認得出是駕照上的本人。」

來宮將收進塑膠袋的駕照和員工識別證拿到兩人眼前。

姓名　天野明彥

昭和四十年（一九六五年）十月三日生

住址　岩手縣上閉伊郡大槌町赤濱○—○。

笘篠對相距甚遠的住址感到奇怪，翻到背面一看，備考欄記載了變更後的住址。是仙台市若林區上飯田。

接著看員工識別證。

＜冰室冷藏＞

姓名　天野明彥
入社日期　二〇一六年六月三十日
有效期限　二〇一九年六月三十日

「駕照後面的通訊地址好像是公司宿舍。不過，公司是九點開始上班，所以還沒有取得聯繫。」

九點就是一個小時之後。

「公園內部有監視攝影機嗎？」

「有，但只有入口附近和球場那邊而已。遊樂器材和涼亭幾乎是在公園中央，不在攝影範圍內。」

間隔緊密的群樹阻擋了視線，從這裡看不到球場。入口也一樣。與兩邊分別都有一段距離，不能指望拍到凶手和被害者。

「破壞上下顎和指尖，你怎麼想？」

來宮被問起，顯得有些困惑。

「我想笞篠先生也持同樣看法，凶手多半是為了隱瞞被害者的身分。駕照和識別證原封不動，我認為是不小心忘了。」

這樣的解釋大致合理。但笘篠卻怎麼也揮不去那種不對勁的感覺。無論是粉碎上下顎還是切斷十指，都需要耐性和冷靜，不可能是在腦充血的衝動狀態下進行。手指的切面平整就說明了一切。而既然冷靜行事，便與忘記帶走駕照和識別證的解釋有所矛盾。

驀地裡他感到一陣惡寒。

至今，笘篠看過許多不成原形的屍體。這陣惡寒並不是來自於屍體的損壞狀態。是損壞背後的用意讓笘篠心驚膽寒。

凶手不僅僅是想隱瞞被害者的身分，而是還想隱瞞身分之外的什麼。

「錢包裡留有現金一萬七千五百圓。粉碎上下顎和切斷十指應該不是為了偷盜。十之八九是尋仇。」

來宮像說服自己一般，邊說明邊點頭。

「利刃一刀刺穿心臟。死者以單手防禦仍不敵，受了致命傷。如果是素不相識的人，應該會激烈抵抗。沒有那樣的行跡，證明凶手是認識的人。」

這也是很合理的解釋，但笘篠還是覺得不太對勁。他無法具體指出哪裡如何不對勁，那種感覺就像眼前看到的是少了一片的拼圖。

一個小時後，「冰室冷藏」的人接到通知趕來了。

「據說敝公司的天野被人發現死了。」

來人是該公司的作業主任，一個姓室伏的男子，顯然是匆忙趕來的。

「死者持有貴公司的員工識別證和駕照。為慎重起見，想請您確認是不是本人。」

對於來宮的請求，室伏二話不說便答應了。

「要先提醒您，死者的鼻子以下的部分遭到嚴重損壞。請您多留意。」

在實物面前，就連損壞這兩個字都算文雅了。然而，又不能在認屍前過度驚嚇民眾。

來宮領室伏到屍體前，將被單捲到鼻子。

啊啊——室伏發出驚呼。

「的確是敝公司的天野。可是，怎麼會變成這樣？」

「天野先生昨天有出勤嗎？」

「昨天上午九點上班，六點下班。」

公司與宿舍同樣位在若林區上飯田。若天野下班後便前往富澤公園，時間上就會有一段空白。

「天野先生有沒有什麼和平常不一樣的地方？」

室伏歪著頭，說聲不清楚。在本人的屍體面前，顯然思緒難有條理。應該等室伏冷靜下來，再試問同樣的問題。

「方便說句話嗎？」

笘篠插進兩人之間。

「室伏先生，請您先做一個深呼吸。」

雖然很單純，但光是深呼吸，心情就會改變不少。見室伏深深吐了一口氣，笘篠才慢條斯理地發問：

「看員工證，天野先生在貴公司工作二年了？」

「他是中途採用的。我們的主要業務是運送冷凍的生鮮食材。很多工作都需要出力，我本來很擔心一個年近五十的人做不做得來，但他很努力，從不抱怨。」

「在職場的人際關係怎麼樣？有沒有和誰衝突過？」

「就天野沒有這個問題。」

室伏答得很有把握。

「畢竟他是個一點都不想出鋒頭的人，我看他反而是盡力避免衝突。就算被一些不懷好意的同事取笑，他也是傻笑幾聲就過了。」

「他有家人嗎？」

「他住單身宿舍，家人方面我沒有多問。在錄取的時候，他說家人死於震災，我就不敢再深入問下去了。」

「有沒有特別要好的同事？」

「他沒有跟人反目，倒也沒有跟誰走得很近的樣子。就跟他躲麻煩一樣，好像也避免跟人有深交。不過，他的工作態度非常認真。從來不廢話，叫他做的事他都做，叫他不要做的禁止事項他就絕對不會做。身為作業主任，沒有哪個員工像他這麼管用、這麼可靠了。真的，到底是誰會把他……」

最後室伏默然不語。

稍後，警方表明會對天野的房間進行搜索，室伏神情凝重地離開了帳篷。一個南署的調查員與他前後腳衝進來。

「駕照上的地址好像就是被害者的老家。」

說是一問之下，大槌町赤濱住址以天野的姓氏登錄於查號台，打電話過去，接電話的人自稱是天野之妻。

「對方說要立刻過來。」

所以天野的家人並沒有死於震災嗎？在油然而生的懷疑中等著，大約三小時後，員警帶來了一個看似顧不得化妝便出門的中年婦女。她說她是飛車趕來的。

「我是天野志保，明彥的妻子。」

總不好馬上就讓她去看安置在帳篷裡那具悲慘的屍體，笘篠決定先在帳篷前向她了解情況。

「您先生住在公司的宿舍裡，之前聲稱家人死於震災。所以能聯絡上您，老實說我們很驚訝。」

「死於震災的是外子。」

志保這句話不但笘篠和蓮田吃驚，連來宮都有所反應。

「外子在大震災時去了公所附近，被海嘯沖走了。至今還沒找到遺體。聽說外子被人發現死了，我才更驚訝。」

三名刑警面面相覷。簡直就像喜劇的一幕，但絕大多數的悲劇與喜劇都是一體的兩面。

笘篠背脊感到一陣惡寒。

又來了。一股莫名的顫慄從腳底爬上來。

「請趕快讓我見外子。」

現在顧不得避忌哭天搶地的場面了。笘篠帶頭領志保進了帳篷。

「要先提醒您。您先生的鼻子以下損壞得很嚴重。」

「我們是多年夫妻。光看眼睛，就能認出是不是本人。別的不說，外子身上有特徵，比長相更能證明是他本人。」

「是身體上的特徵嗎？」

「他的腳趾。雙腳都是中趾比大拇趾長，外子的襪子每次都是破在正中央。」

笘篠讓志保在屍體旁坐下，和先前一樣把被單拉到鼻子。

志保望著屍體的臉片刻，然後大大搖頭。

「請讓我看腳趾。」

笘篠繞到另一側，捲起腳上的被單。露出雙腳的腳踝，眾人的眼光都往中趾集中。屍體的雙腳以大拇趾為頂點，形成平順的斜坡。中趾絕對沒有突出。

「不是他。」

志保斷定，

「長相也一點都不像，腳趾也沒有特徵。根本不是他。」

「怎麼可能！」

提出異議的是來宮，

「他有駕照，上面記載了天野家目前的住址。照片裡的男子和這具屍體是同一個人。」

志保看了來宮遞出來的裝在塑膠袋裡的駕照，已經完全恢復冷靜。反而是笘篠等人陷入恐慌狀態。

「駕照上的住址是我家沒錯，可是照片是別人。絕對不是外子。」

或許是認為光說不夠，志保從包包裡拿出一個票卡夾。

「這才是天野明彥。」

三名刑警把頭湊過去看那個隨手拿出來的票卡夾。在笑得燦爛的志保身旁笑得很生硬的，是與屍體截然不同的另一名男子。

「刑警先生，這到底是怎麼回事？拿一個不認識不相干的人騙人說是失蹤的丈夫，有什麼好玩的？」

「我們絕對沒有這個意思。您剛才說，您先生在震災時，到公所附近被海嘯沖走是嗎？」

大槌町公所附近這個地點，曾因海嘯災情慘重而備受注目。當時為成立災害對策總部而集合的町長連同底下的職員約六十人，收到海嘯警報後雖往屋頂避難，結果卻只有二十二人生還，其餘都被海浪捲走。若同一時刻天野明彥就在附近，只怕逃不過。

「有鑑於當時大槌町的慘狀，難怪天野太太您會悲觀。但都過了七年，您現在還是沒有辦理失蹤人死亡宣告嗎？」

「刑警先生，你是當地人吧？」

「是啊。」

「你有沒有親人因為震災到現在還沒有找到的？」

「……有。」

「那，你有很乾脆地去辦理嗎？」

志保責怪的視線貫穿了笘篠。笘篠的嘴唇凍結般動不了。

「有人為了斷念去辦死亡宣告，也有人放不下不去辦。你自己應該也見過很多不同的災民吧。」

或許是對笘篠無意反駁不滿，來宮又繼續堅持。

「可是，這張駕照絕對不是偽造的。是岩手縣公安委員會發行的正本。」

「不，那是假的。住址和發行日或許都對，但最重要的照片不是本人。」

「來宮先生，夠了。」

笘篠忍不住中斷了問話。再怎麼強調那是公家發行的，還是家人的證詞更有可信度。別的不說，笘篠本身就親身經歷過。

「就算是別人，我們也必須加以證明。日後，鑑識人員可能會登門拜訪，屆時還請您協助調查。」

「這跟我無關吧？」

「您說的沒錯，但躺在這裡的男子以天野明彥先生的身分在仙台市內生活了將近兩年。這是怎麼一回事，身為家屬，您不認為有調查的必要嗎？」

一聽這話，志保遲疑半晌，最後不情不願地答應了。

目送志保離開公園的背影，笘篠終於發現惡寒的元凶了。

冒奈津美之名的鬼河內珠美，以及冒天野明彥之名的被害男子。兩人的共通之處在於兩椿事實——他們持有附自己大頭照的他人名義駕照，以及長時間以另一個人的身分過著平靜的生活。

儘管一人是自殺，一人是他殺，但兩人的行為酷似。而同時有酷似之事發生時，認為兩者之間有關聯才合理。

「笘篠先生。」

聽聲音回頭一看，蓮田目帶疑雲地看著這邊。

「這個，跟你太太是同一個模式吧。」

「是啊，沒錯。」

「假如是偶然的一致，也太多雷同了。」

「失蹤過了七年卻沒有辦理失蹤人死亡宣告。持有他人名義的駕照。至今都安分守己過日子。查下去可能會更多。」

「這已經不是笘篠先生個人的案子了。完全就是縣警本部的案子。」

3

發現於富澤公園的男子，被拿走的不止是齒模和十根手指。

怎麼找都找不到理應隨身攜帶的手機。他擁有手機並且經常使用，這一點室伏表示曾親眼目睹過，所以確然無疑。室伏說他休息時間一定都在滑手機，有一次探頭一看，手機畫面是預測賽馬的網站。

留下駕照和識別證，卻拿走了齒模、指紋與滿載個人資訊的手機。在不知情的人眼中顯得矛盾，但若凶手知道男子其實並非天野明彥就很合理。

鬼河內珠美收在票卡夾裡的駕照是偽造的，但冒名天野明彥的男子所持的卻是如假包換的真貨。晶片裡也有戶籍紀錄。

如此一來，問題當然就是這名無名男子是如何取得駕照，但對此，室伏也作了證。

「哦，天野的駕照是我叫他去辦的。」

離開公園後，笘篠和蓮田造訪「冰室冷藏」的作業所，室伏一副「這有什麼好問的」的樣子答道。

「我們的工作的主要業務是運送海產，所以錄取條件之一是有駕照。可是啊，天野說他有駕照但手邊沒有。一問原因，他說遇災的時候，整個家連同自己的東西包括駕照在內全部一起被沖走了。」

「那麼，他面試的時候帶了什麼證件？」

「只有住民票。當時我們實在人手不足，只要通過面試的人我們都希望可以馬上上工。所以我就先發了員工識別證，再叫他去監理站跑一趟。」

只要有住民票複本和員工證就能補辦駕照。笘篠認為這可能就是案子的關鍵。

「這應該就是鬼河內珠美不得不偽造駕照的原因之一了。她和這次不同，她沒有找到能發行員工識別證的工作。」

蓮田點頭同意：

「現在很多銀行開戶和各種卡都要雙證件才能辦。」

「珠美應該是無論如何都想要駕照來當作身分證件，卻無法依正規途徑取得，所以只能靠偽造。」

「這樣兩人的共通點就集中在偽造的住民票了。」

「對。各類證件的偽造不是現在才開始的，但專做住民票就讓人不得不懷疑其中的關聯性。」

辦案切忌武斷，因此笘篠避免使用篤定的說法。然而，多年來的直覺告訴他，這兩起案子有關。

「冒名天野的男子真的是岩手人嗎？他說話有沒有口音？」

「唔——。」

室伏歪頭思索。

「就我聽到的，沒什麼口音欸。而且最近刻意說標準語的人也不少。」

離開辦公室，笘篠他們走縣道五四號線往西。該公司的宿舍位於辦公室徒步五分鐘處，縣警和來宮他們南署的調查員應該已經先過去了。

果然，遠遠的便能看見那宿舍有警用車與調查員來去的身影。雖然不算組合屋，但看來不像是能長久抵擋風雪的建築。只怕震度五就會被震垮——雖事不關己，笘篠也杞人憂天起來。

經歷過那種大災難，竟還有這種粗製濫造的集合住宅。建築當然最好都有結實的耐震結構，但這當中永遠都有錢的問題。並不是只有因東京奧運而人手和物資雙雙不足的災區，人身安全才會以資金多寡來訂價。

「他本人的手機不在犯案現場，應該是被凶手帶走了。」

「這樣想比較合理。一般出門都會帶手機。」

「那當然了。就是讓人隨手帶著才叫手機啊。」

「推定死亡時間是晚間十一點到深夜一點。那種時間要在公園和人碰面。而約碰面的時間一定是透過手機。他本人的手機裡不但會有通話紀錄，搞不好還保存了凶手的資料。不，凶手當然會那樣認定。所以絕對不能不處理殺害對象的手機。」

「可是笘篠先生，」

蓮田指指宿舍說，

「凶手把十根手指統統砍掉，是因為不想讓人知道死者的真實身分對不對？可是屋子裡應該到處都有他本人的指紋啊。這樣的話，砍掉手指根本沒有意義不是嗎？」

問得很對。然而，如果假設那是衝動之下行凶，而凶手平日便隨身攜帶利刃的話，也可以說得通。凶手為了隱瞞死者的真實身分，毀掉齒模、讓人無法採指紋，卻沒有想到宿舍。無論如何，這次住宅搜索就能知道凶手到底是不是粗心忘了這一點。

據說房間是在二樓從前面數過去第三間。不見來宮的身影，但只要鑑識工作未完成，調查員就不能進場，所以他也許是在別的地方等。

笘篠與蓮田來到樓梯下方，房門正好開了，鑑識人員一一下樓。令人感到略有異狀的是他們幾乎都空著手。平常應該有好幾名鑑識人員抱著裝有扣押物品的紙箱，現在卻只有一個人。

他們當中也有熟面孔。隸屬於縣警鑑識課的兩角。雖不是會特別約出去喝酒的交情，但在現場遇見了多少會交換一下意見。然而今天的兩角雖看到笘篠，卻一臉不開心地直接從旁邊走過。這相當於沒有收穫的徵兆。

笘篠他們與鑑識人員交錯上了樓，遇到來宮。

「鑑識工作好像結束了。」

「算不算結束啊？」

來宮一臉苦惱地佇立在門前，

「實在太怪了。遇害男子的確應該是住在這裡沒錯，卻找不到指紋。」

「怎麼會！」

身後的蓮田高八度驚呼。笘篠也同樣感到訝異。

來宮領他們進屋。房間是有獨立廚房的套房，或許是單身宿舍的關係，放了家具就好擠。冰箱、茶几、薄型電視、床。茶几上隨便擺著成人雜誌和賽馬報。床上沒有床單和枕頭，肯定是被鑑識拿走了。

然而，扣押走的東西也未免太少了。這樣和居住時的狀態根本大同小異。

「這樣鑑識的工作真的結束了嗎？雜誌和報紙之類的，平常都會沾滿指紋吧？」

蓮田質疑，但來宮也按不下煩躁。

「說這些也沒有用啊！鑑識很用力在找了。可是，他們一手照光把這麼小的房間全部找遍了，卻連一個指紋都驗不到。」

笘篠打圓場般介入：

「也採不到指紋以外的跡證嗎？」

「有。好像有採到毛髮和灰塵。可是沒有最關鍵的指紋。」

「一般生活不可能不在家具或小東西上留下指紋的。」

「看來他並沒有過一般的生活。」

來宮從狹窄的走廊走向浴室。狹小的空間裡塞了一個勉強能容納一個大人的系統衛浴。

「這是找不到指紋的原因。」

鏡子下方，肥皂盒旁邊有一個玻璃容器。

「瞬間接著劑」。

雖是很常見的容器，在浴室裡卻很突兀。

「垃圾箱裡也有空的。」

「難不成他在指尖塗接著劑？」

「一旦塗上那個接著劑，就能維持半天。試了就知道，就算摸玻璃也完全不會留下指紋。而且不會特別有感覺，指尖微細的觸覺也都在。」

「你好清楚啊。」

「我實際試過了。」

來宮板著臉將雙手在兩人面前張開。仔細一看，他十根手指的指腹都覆了一層半透明的膜。

「這東西意想不到地好用哦。不會弄一下就脫落，也不明顯。」

「放在浴室，是因為他在這裡重貼嗎？」

「我想他多半也會在別的地方重貼。很簡便啊。容器的大小可以放口袋，只要把撕下來的膜揉一揉丟掉就行了。比指套便宜，而且可以隨用隨丟。」

「所以才採不到指紋嗎？」

「很遺憾，確實如此。不過，一些小東西和床單、枕頭還是有可能，所以都扣押了。」

鑑識常用的科學辦案燈稱為ＡＬＳ（替代光源），運用可視光、紫外線、紅外線照出特定波長的光，以此尋找指紋和毛髮。要是運用這個都找不到，那就沒希望了。

「他為了藏指紋做到這種程度，應該是因為有前科吧？」

「蓮田先生，這個我們當然也考慮過了。可是，警方的資料庫除了住址和指紋，也會存ＤＮＡ。假設死者有前科好了，光是藏指紋也沒有意義啊？」

聽著蓮田與來宮的對話，笘篠發覺兩人經驗都還淺。蓮田任警官五年，來宮恐怕也差不多。

「警察廳是二〇〇五年才開始將ＤＮＡ資訊在資料庫中建檔。而且各都道府縣警著手的時期也有落差。宮城縣警屬於起步晚的。」

蓮田和來宮互看對方。看來他們果然不知道被分發到第一線之前的狀況。

各都道府縣警著手建立ＤＮＡ資料庫之所以步調不一，純粹是因為害怕違憲。

對嫌疑人的強制搜查，原則上以法院發行的命令為準。這是日本憲法第三十五條第一項所規定的所謂令狀主義。但對嫌疑人採集指紋與拍照的相關規定，刑事訴訟法第二一八條第三項「對於經拘提之嫌疑人採取指紋或腳印、測量身高或體重，又或拍照，只要不使嫌疑人裸露，不需第一項之令狀」的條文則是被獲准的例外。換言之，採集DNA並不是被獲准的例外。笘篠認為，這正是向來慣於上令下行、對警察廳唯命是從的各縣警起步有早有晚的原因。

對警察廳而言，各縣警步調不一是個問題，因此二〇一二年九月十日，向都道府縣警察下達題為「DNA資料庫徹底擴建指導方針」的公文，無論拘提逮捕與否，都應積極採集嫌疑人的DNA。因此嫌犯的DNA和指紋同樣被數位化，應視為二〇一二年這封公文之後的事。

聽了笘篠的說明，兩人的神情還是半信半疑。先提出疑問的是來宮。

「也就是說，笘篠先生判斷死者在二〇一二年以前被捕過的可能性很高？」

「如果曾經服刑，就必須考慮更早之前的可能性。他為了藏指紋花了這麼多心思。追溯到二〇一二年以前絕不過分。」

笘篠的視線移往茶几上的賽馬報。

「報紙上也沒有指紋是吧？」

「對。」

自從報紙進入視野笘篠就一直很在意。放在茶几上的是一份著名的賽馬報，但宮城縣內並沒有賽馬場。也只有大崎市與大鄉町這兩個地方有賽馬投注站，賽馬文化本身並沒有在宮城縣生根。賽馬報頂多在便利商店找得到，而且份數極少。說賽馬是宮城縣內的小眾博弈也不為過。

但男子偽造的故鄉岩手則在盛岡市與奧州市都有賽馬場。岩手縣內應該也有五個左右的場外投注站。

這樣看來，男子或許真是岩手出身——笘篠開始這樣思忖。

賽馬報的日期是六月十八日，男子遭到殺害的前一天。一打開，中山紀念出賽表上以紅筆做了記號。

「你知道中山紀念的結果嗎？」

「請等一下。我對賽馬不太熟。」

蓮田邊辯解邊操作自己的手機。

「有了，中山紀念的結果。本命馬順利獲得優勝。他都沒中欸。」

翻了其他頁。地方賽馬、盛岡賽馬場的比賽上也有記號，分別查對了戰績，全都連邊都沒碰上。

「就這份報紙看來，每一場比賽他都賭賠率大的。」

正如蓮田所說，報上圈寫的紅筆完全避開了「◎（本命*）」、「○（對抗）」、「▲（第三順位）」、「△（可能第二、三名）」，全都集中在「☆（上述外的黑馬）」。

「沒有任何想法，專挑報酬率高的。光憑這份報紙就斷定或許失之武斷，可是他好像全憑直覺就來外行又偏愛玩那一套。」蓮田說道。

「如果他真的照他寫的預測下注，那麼他去公園那天身上的一萬七千五百圓可能是他的全部財產。」

「這個和命案有關嗎？那些錢是不多，可是沒被搶啊。」

「很難說無關。錢多錢少都會招來麻煩。」

當天，南署便成立了專案小組。縣警與南署招開聯合搜查會議，南署的井筒署長，縣警的東雲管理官與山根刑事部長三人並排坐在台前。石動也在邊邊佔了一個位置。

氣氛比往常來得凝重，因為死者的身分依然不明。初始調查的遲緩是破案的致命傷。連遇害的人是誰都不知道，也很難訂定調查方針。

東雲話雖少，想什麼卻都寫在臉上。線索的數量和眉頭皺紋的數量總是成反比。

「現在開始，針對今天早上於富澤公園發現的男性他殺命案舉行第一次搜查會議。另，被害男子平日以天野明彥之名生活，但家屬認屍後發現冒用身分之事實。因此，在查出姓名之前暫以被害男子稱之。首先報告司法解剖的結果。」

來宮站起來：

「此案委託東北醫大法醫學教室解剖。解剖報告指出四處傷口之一的胸前傷口是致命傷，因出血性休克致死。凶器是單刃利器。防禦性傷口只有一處。從胃的內容物消化程度，推斷死亡時刻為十九日晚間十一點至翌日凌晨一點之間。上下顎幾乎完全粉碎，十根手指的第一關節以下被切掉，但這些都是死亡後造成的。」

前台旁的大型螢幕顯示出法醫學教室拍攝的各部位照片。笘篠已在現場親眼看過，

＊ 大家最看好的馬或選手。

但幾個小時之後的狀態被大型螢幕播映出來，顯得加倍駭人。在場的調查員都皺著眉看螢幕。

「毀掉齒模和指紋，是提防警方資料庫的掩蓋工作嗎？」

「可能性應該不小。」

「被害男子的隨身物品呢？」

「錢包裡有一萬七千五百圓的現金、駕照，以及『冰室冷藏』的員工識別證。」

來宮說明駕照是由岩手縣公安委員會發行之後，調查員之間發出陣陣低聲質疑。

「駕照的發行本身沒有問題。所以是用來辦理駕照的住民票被冒用了？」

來宮往這邊拋過來一道視線。關於偽造住民票一事，最先是笘篠提出的，所以大概是擔心會搶了笘篠的功。笘篠搖搖頭，示意他別在意。

「其次，現場周邊的地理環境與監視攝影機的設置狀況。」

南署的另一位調查員站起來。

「犯案現場位於球場附近的涼亭旁，但富澤公園只在入口附近及球場那邊設有監視攝影機。為萬全起見，已查看過影片，但現場正好是攝影範圍的死角，沒有拍到。此外，運動廣場的開放時間是早上六點到晚間七點。」

從推定死亡時間來看，凶手肯定是選擇了球場關閉後、不會有人靠近的時間。

「向附近查訪球場關閉後到翌晨發現屍體期間是否看到可疑人士，目前尚未獲得目擊證詞。今後預定查訪公園前的行人。」

「那麼，接著是被害人住處的鑑識報告。」

這部分由鑑識課的兩角作答。

「被害人住處是公司的單身宿舍，有獨立廚房的套房。被害人單獨居住，因此跡證的採集理應相對簡單，但……」

「怎麼樣？」

兩角一支吾，石動課長立刻就追問。

「現在還在分析當中，但雖有毛髮和體液，卻連一個指紋都採不到。」

果然。笘篠他們事先就知道有瞬間接著劑這件事，早有心理準備，但台上的東雲等人和在場的調查人員都難掩驚訝。

「被害男子有平日便利用瞬間接著劑避免留下指紋的行跡。浴室裡有接著劑的容器。」

「可是在實際生活中，應該還是有接著劑剝落的情形吧？像是泡澡接著劑應該會自然剝落。」

「不。被害男子所使用的，是必須使用專用的除膠劑否則很難剝除的接著劑。當然，人體的皮膚會代謝，所以接著劑也會自然剝落，但被害男子似乎定期重複塗抹，從衛浴中無法採到指紋。」

「就算沒有指紋，也還有毛髮和體液吧？」

「採到了，但目前還在分析ＤＮＡ。」

「要等結果啊。」

東雲說得似乎有所期待，但看兩角的臉色就知道希望不大。

一個小心謹慎到會定期在指尖塗抹瞬間接著劑的人，會丟著自己的毛髮和體液不管，是一大矛盾。笘篠認為，此人即使曾經被捕，也是只被拍照和採指紋的嫌犯。而既然笘篠想得到，東雲等人當然也注意到了。

「僱用被害男子時的履歷和住民票還在嗎？」

去查履歷的是自己。

笘篠站起來，清清喉嚨說：

「向被害男子工作的『冰室冷藏』確認的結果，決定僱用當時便將履歷和住民票還給本人了。基於保護個資的觀點，也沒有留影本。」

「監理站那邊也沒有嗎？」

「沒有。以『天野明彥』名義存留的就只有駕照經歷而已。」

東雲無言搖頭。笘篠要發言就只有趁現在。

「管理官，屬下可以發言嗎？」

「要說什麼？」

「被害男子顯然是以偽造的住民票假冒身分。而上個月二十八日，有一名女子在氣仙沼海岸服毒自殺。」

東雲一臉怎麼突然扯起不相關的事的表情。井筒和山根也一樣，唯有知道內情的石動嘴角極其不快地往下扯。

「她的票卡夾裡有駕照，但上面的名字和住址是至今仍行蹤不明的內人的。」

「什麼！」

笘篠的話讓一眾調查員議論紛紛。

「當然，自殺的女子與內人是毫不相似的兩個人。但是，調查她的身分時，發現她面試時所帶的住民票同樣是偽造的。只不過，她從事的是特種行業，僱用單位無法發行身分證件，不得不靠偽造取得駕照。」

笘篠簡要說明自「貴婦人俱樂部」的栗俣處訪查的內容與後續的調查結果。一開始一臉莫名的東雲也聽得身子漸漸往前。

「鬼河內啊。一個令人難忘的名字。的確，如果是那對惡魔夫婦的女兒，也難怪會想隱姓埋名。」

「目前鬼河內珠美與這次遭到殺害的被害男子之間還找不到關連。但屬下認為值得一查。」

「共通點是偽造的住民票嗎？同時期發生類似案件或許不是巧合。」

東雲低聲這麼說，食指開始輕敲桌面。東雲這個習慣，不但笘篠，凡是縣警搜查一課的沒有人不知道。這不是迷惘。是在推敲發言者的真意時的動作。

「採用你的提案的話，氣仙沼署也會被扯進來。」

「氣仙沼署的案子是以自殺處理，但屬下認為在搜查情報共有上可以尋求協助。」

「你是說，追溯偽造住民票的大本營，就能找到嫌犯？」

「以目前被害男子身分不明的現狀而言，這應該是一條有效的線索。」

笘篠說，同時有種被看不見的線纏住的感覺。東雲並非思慮淺薄之人。他擅長以對方的發言作為憑據，在交談中慢慢縮緊羅網，讓對方在不知不覺間答應他的要求。

那麼，東雲想要讓自己拿出什麼承諾？笘篠必須慎選用詞。

「那人用的假名是你老婆的名字是吧。」

「是的。」

「換句話說，就是有人盜用了你老婆的個資。這裡頭沒有摻雜私人感情吧？」

「完全沒有。」

笘篠有把握自己連一根眉毛都沒動。他的臉皮應該夠厚，至少不至於被上司看穿真正的心思。

「同一時期發生了兩起住民票偽造。就像管理官說的，如果這不是巧合，就無法否認還有其他偽造的住民票在外流通的可能性。而另一項共通點也值得注意。」

「哦，說說看。」

「遭到偽造的住民票，用的都是東日本大震災中失蹤者的個資。」

會議室整個靜下來。

「震災以來過了七年。眾所周知，關於東日本大震災的失蹤者，家屬大多利用戶籍法的特例，省略失蹤人死亡宣告的手續，辦理了死亡證明。然而，還是有家屬抱著一絲希望，至今沒有辦理。假如遭到不法利用的全都是這些失蹤者的個資，那麼類似的事件還會再發生。」

鴉雀無聲的會議室裡只有笘篠低沉的聲音。這一瞬間，在場所有人明白了事情的嚴重性。

不僅是嚴重性。儘管失蹤已七年，至今仍不能瞑目的罹難者和其家屬的悲慟，是他們每個人的切身之痛。

「你的意思我明白了。」

東雲正面注視笘篠，說道，

「在調查被害男子命案的過程中，也必須查明偽造住民票的始末。有必要也與氣仙沼署合作。就由最先發案的你進行這方面的調查吧。但是，」

說到這裡停頓了一下，嘴角微揚，

「只要有任何摻雜私情的行跡，就要請你離開小組。你好自為之。」

這就是東雲的手法。

在全力煽動的同時，對控制也絕不鬆手。對試圖掙脫牽繩的狗毫不留情地予以懲戒。這般精明老到才是東雲的真本事。

視線一轉，只見坐在前台邊緣的石動正賊笑著俯視這邊。

「目前，徹底清查現場周邊。待鑑識分析結果出爐後加緊查明身分，以掌握被害男子的人際關係。公開被害男子的照片，廣徵資訊。另外，在偽造住民票方面，取得正本，追查偽造來源。以上。」

就初始階段的搜查方針而言，算是十分穩妥。調查員沒有異議也沒有疑問，三三兩兩散開。

笘篠心底殘留著被東雲操縱的感覺。正處在好像吞了什麼異物的心情中，蓮田從身後走過來。

「剛才害我捏了一把冷汗。」

「怎麼說？」

「你不是正面對管理官有意見嗎？」

「那不叫有意見，是稟報。」

「不管是什麼，笘篠和管理官對槓的畫面我實在無福消受。」

蓮田沒有再多說，但顯然是怕笘篠因私憤而爆衝。

4

依照搜查方針，立刻便向全國公開自稱天野明彥的男子照片。按下以不正當手段取得駕照一事，徵求無名被害人情報，結果當天便接獲一百多則回報。南署的調查員一一奔走查證，但過了兩天尚未有顯著成果。或是幾分相似，或是惡作劇，一直揮棒落空。

另一方面，笘篠打開了扣押物品中天野明彥名下的存摺。從後面探頭看的蓮田以傻眼的語氣喃喃說：

「怎麼說呢……真是個活在當下的人啊。」

存摺裡的出入紀錄內容很單純。存入欄在月底會有「冰室冷藏」匯入的薪水二十四萬多，第二天或第三天便會領出十萬圓左右，到了月中又會再領十萬多。十號會扣繳水電費，所以到了發薪日前幾天，餘額一定都只剩下三位數或四位數。最後記載的是六月十二日，從ATM提領十四萬圓，結餘二五六圓。

「笘篠先生推測他遇害時身上的一萬七千五是全部財產，還真的說中了。」

「從賽馬報上紅筆做記號的數量來看，他應該在賭博上花不少錢。薪水幾乎全用在生活費和賭博上。」

不存錢，也不改善生活。一直過著這樣的日子，慢慢地人就會疲累，就會絕望。疲累和絕望的盡頭便是怨嘆和憤怒。

「只是我們不能光憑存款和手上的現金，就論斷他本人的經濟狀況。」

笘篠抓起掛在椅背上的西裝外套，走出辦公室。蓮田急急跟在身後，也就不必特地告訴他要去哪裡了。

他們一到「冰室冷藏」，立刻便去找室伏。

「很感謝警方沒有公布我們公司的名字。」

在作業所一角的辦公室見到面，室伏開口第一句便這麼說。

「雖然我們並沒有剝削或欺壓天野……啊，自稱天野的男子，但一旦公司的名字被寫出來，一些沒口德的人就會亂說。現在復興才走到一半，我們希望員工不要為工作以外的事煩惱。」

「您看到新聞了？」

「看了。在那天之前一直在同一個職場上工作的人，竟然以那種形式上了電視，感覺很奇特。怎麼說呢，好像這邊和電視裡的世界連起來了，背上毛毛的。」

笘篠心想，這大概就是一般人的感覺吧。被斷了十指啦殺人啦這些，畢竟不是日常。自己方圓十公尺內的世界與電視報導之間，聳立著一堵高牆。

「今天，我們是來請教被害男子的經濟狀況。上次已經聽您說過，他的工作態度認真，絕不摻和其他的事。但是，我們很想了解他平常的生活。」

「平常的生活指的是經濟狀況嗎？」

室伏立刻表示出他的懷疑。

「遇害的人的經濟狀況對辦案有幫助嗎？」

「有。至少能為了解遇害的本人是什麼樣的人提供線索。」

「就算他冒用了別人的名字，要說死去的同事的不是，實在有點……」

這幾句話等於是表明從這裡開始就不會是好話，但笘篠不能不問。

「那或許就是他不得不冒用別人名字的原因。要讓曾經是天野先生的他死得瞑目，即使對他本人而言不算體面的事，我們也必須一一查明。」

看著室伏，便知道他心中正在天人交戰。然而，辦案中的笘篠並不要求對方有崇高的道德操守。

不久室伏一副認命的樣子，輕輕搖頭。

「上次我說過，看過他用手機看預測賽馬的網站吧。」

「是。」

「他工作雖然認真，但就是那一點不好。他沉迷賽馬，一下子就把薪水花光。也因為這樣，中午都吃便宜的漢堡或泡麵打發。事實上，也三不五時跟同事借錢。」

「有沒有預支薪水？」

「我們公司是一概不准的。所以他就算月初會好好點定食來吃，到了月中飲食就突然寒酸起來。看他吃什麼就知道他口袋裡有多少錢。」

「他在職場上發生過金錢糾紛嗎？」

「這倒是沒有。就算借了錢，到發薪日也一定會還。他除了愛賭之外都很認真踏實，大家也都是念著真拿你沒辦法就借了。我自己也是這樣。」

室伏死了心般短短嘆了一口氣。

「那算是賭癮，對吧。對錢不夠嚴謹的確不值得嘉許，但也沒什麼好抨擊的。自己的錢要怎麼用是每個人的自由。而且我也說過好幾次，只要工作態度認真，有個缺點反而顯得可愛。」

「他遇害當天，有沒有什麼和平常不同的樣子？」

室伏略加思索之後，想起什麼般說道：

「聽您這樣一提，他在休息時間好像有點心不在焉。」

一走出辦公室，蓮田便小聲對笘篠說：

「被害男子的財務狀況比預期的還糟呢。」

「沉迷賽馬，向同事借錢。一個落入慢性缺錢的惡性循環、存款餘額只剩三位數、身上只有一萬多圓的人，晚間十一點在無人的公園遭到殺害。指尖和上下顎還遭到嚴重損毀，不過這應該是為了隱瞞身分而不是怨恨。」

「財務糾紛。而且是恐嚇？」

「沒錢的人去恐嚇別人是世間常態。被恐嚇的一方反擊也是。而會去恐嚇的人手機裡當然保存了電話等種種資料。看情況，也許連恐嚇的把柄也存在裡面。」

笘篠邊說邊思考自己的推論有多少說服力。目前為止，邏輯上沒有太離譜的地方。被害男子與凶手相識這一點，依時間與地點來看也是合理的推論。

「他和凶手會不會是因為賽馬認識的啊？」

這倒是很有可能。但只要被害男子沒有去縣外的賽馬場或縣內兩處場外投注站，要假設賽馬是兩人的接點，憑據就太薄弱了。

「大崎市和大鄉町的場外投注站都設置了監視攝影機，只要拍到被害男子和誰在一起，就撿到寶了。」

「要是能那麼順利，我們就不用辛苦了。」

然而，笘篠也沒有憑據能全盤否決這個可能性。但若要這麼做，不管最後能不能找出被害男子的身分，都必須調閱東北各縣內賽馬相關設施的每一部監視攝影機。

「雖然不會順利，還是有必要向專案小組稟報。」

現今臉部辨識系統發達，搜尋影片並不費事。麻煩的反而是取得各地監視攝影機的資料。要是目前運作中的鑑識抽不出人手，就必須出動科搜研的人。無論如何，專案小組擴大都不令人樂見。雖不是人多反誤事，但一味增加調查員能期待效果的就只有地毯式搜索的時候，在這次連被害人身分都不明的情況下，能有多少效果令人懷疑。別的不說，笘篠都已經能想見東雲不願意擴大專案小組了。

總之，要以查出被害男子的身分為最優先。否則極可能會妨礙其他調查的進展。

宿舍扣押的私人物品和跡證的分析不知進行得如何，笘篠很掛念。但第二次搜查會議中，鑑識的報告沒有明顯進展。

「說到這，今天一整天署裡都沒看到鑑識的人啊。」

「好像一大早又去了『冰室冷藏』的宿舍。」

可能是鑑識課裡有同期，蓮田對他們的動向頗為靈通。若這則消息無誤，就表示鑑識課認為宿舍還有值得扣押的東西。若能採得新的跡證，案情就可望有所突破。

笘篠決定再去一趟宿舍。

宿舍用地內只停了一輛鑑識的廂型車。上了樓梯，那個房間前站著員警。

「裡面正在進行鑑識作業。」

作業中調查員不得入內。

「能不能幫我叫一下兩角先生？」

麻煩員警傳話過了十五分鐘，兩角出來了，毫不掩飾被打斷作業的怒氣。

「笘篠先生，到底有什麼事？你又不是那種不懂得我們在幹麼的冒失鬼。」

「我想了解鑑識重回現場的用意。」

話說得過太開門見山，兩角像是被制了機先，表情僵了。

「我不會說跟搜一無關，但鑑識的事我可沒有義務一一向你報告。」

「既然如此，就原諒我亂猜了。是不是因為先前扣押的採樣沒有任何進展？」

兩角默默瞪過來。等於是默認了。

「從寢具應該採到了毛髮和體液，或許也驗了ＤＮＡ。可是資料庫比對沒有結果。剩下的，就只有再次搜索被害男子房間，更進一步採樣這個辦法。這在鑑識來說是面目掃地，但又不得不遵從管理官的指示。」

這樣咄咄逼人令笘篠感到自我厭惡，但對不愛說話的人很管用。果不其然，兩角百般不願地開了口：

「我們和你一樣，都是公門裡的人，要依辦案方針行事。為了鑑識的名聲，不帶點東西回去也會影響士氣。」

「鑑識中有很多像兩角先生這樣經驗豐富的人才，不可能為了姑且一試又重回現場。一定是有什麼勝算吧？」

「你是要我現在在這裡說？」

「跟搜一不是無關對吧？」

抓人語病也不是笘篠的做法，但這種程度還算在容許範圍內吧。一直努力阻止自己爆衝的蓮田這時也靜靜旁觀兩人對話。

「……被害男子在指尖塗抹瞬間接著劑，試圖徹底隱藏指紋。這個辦法的確奏效了，房間裡連一個指紋都採不到。但不管他本人有沒有意識到，還是有盲點。」

「使用後剝下來的接著劑覆膜對吧？」

「對。覆膜內側留下來的指紋是最清晰的。既然接著劑的容器放在浴室裡，可見得重貼覆膜平常是在那裡進行。換句話說，剝除的覆膜極有可能在浴室沖掉。」

「要清排水管嗎？」

「要施高壓讓浴室排水管裡的東西排出來。當然，排水管是連通的，各房間的污水也會一起排出來。我們要把那些攤開一個個挑出來。」

光聽就彷彿如聞其臭。但這類不乾淨的工作鑑識也當作日常業務在做。笘篠連眉頭都不敢皺一下。

「排水口就在這後面。」

兩角丟下這句話便從兩人旁邊穿過下了樓梯。既沒說過來也沒說不要來，但無言的引力讓笘篠和蓮田只能跟著他走。

繞到建築後方，只見有一個人孔蓋是打開的，四周圍著三名鑑識課員。旁邊鋪著藍色塑膠布，就等污水排出來。

「可以的話我也來幫忙。」

「不必。讓外行人幫忙只會越幫越忙。你也一樣吧，要是我們說要參與訪查現場周邊還是追查人際關係，你一定也不會有好臉色。」

一針見血，笘篠無話可說。

「我不是不明白你們搜一著急的心情。」

兩角的眼中忽然同情之色大起。

「尤其是笘篠先生，你太太的個資被盜用了。幹勁也比別人強一倍吧。」

「不，沒這回事。」

「也不止你。這話不該在搜查會議上說，所以我沒作聲，但幾乎所有的人或多或少都失去了親人或朋友。我敢說，你的鬥志和憤怒大家都感覺到了。所以，相信我們就是了。」

兩角的話當胸而入。話中同情與嚴峻兼具。

「這裡就交給鑑識吧。」

蓮田也從身後出聲勸阻。這時候笘篠要是再堅持，就只會出醜。

「拜託了。」

於是笘篠只留下這句話便轉身離去。也許自己在不知不覺中差點衝過頭。

在感謝與羞愧交織中回到縣警，一個小時後兩角來電。

為的是通知他們已從污水中採到了疑似接著劑的覆膜。

三——賣家與買家

売る者と買う者

1

從宿舍排水口採到的接著劑覆膜是不到一公分見方的一小塊，但對專案小組而言，這是一份大禮。

覆膜立刻以警察廳的指掌紋自動辨識系統比對，很快便與一名前科犯的指紋一致。

真希龍彌，一九七四年五月七日生。二〇〇六年二月八日闖入宮城縣栗原市內一家便利商店，以刀刺傷店員並奪取現金五萬二千圓。被捕、送檢後，於同月二十三日被判九年徒刑。二〇一五年二月服完刑後，自宮城監獄出獄，其後消息不明。

「其後消息不明，還真是很沒溫度的回答。」

蓮田開著便衣警車 Prius 對笘篠說。

「一般出獄後，不是去觀護人那裡就是投靠親人吧。這樣怎麼還無法掌握行蹤？」

「真希的親人有等於沒有。」

看過資料庫裡真希的前科，笘篠已大致能推測狀況。

「真希的故鄉是大崎市，但他二十一歲還住家裡時，就因竊盜被捕。從此以後就和家裡沒有連繫了。第二次行搶便利商店時，店員受的傷雖然屬於輕傷卻沒有得到酌情量刑，就是因為他是再犯。」

「人家是事不過三，他是事不過一啊。要是父母手足伸出援手，也許他就不會去搶便利商店了。」

這笘篠倒是沒有應聲。不光是資質也不光是家庭環境。遺憾的是，也不是對更生人的支援體制。到底是什麼令人走上犯罪一途，就連閱罪犯無數的笘篠也提不出值得參考的意見。

「就算親人不幫他，要是觀護人肯照顧，應該不至於不知道更生人的行蹤和近況才對啊。」

「現在就是要去了解這些。」

兩人正要去的是富谷市的觀護人家。就算警察廳的資料庫沒有紀錄，觀護人也應該知道出獄後的真希是什麼樣子。真希龍彌遇見了誰，是透過什麼途徑取得天野明彥的個資和住民票的？以現狀而言，除了真希的觀護人以外，找不到任何像樣的線索。

「那天野……真希龍彌的觀護人是誰？」

「一個姓久谷的人。有當過町議員的背景。」

觀護人雖是保護觀察所的所長推薦的國家公務員，但因為是無給職，所以是政府的志工，又稱觀護志工。雖不需要特定條件，但很多都是具有公務員背景或有虔誠信仰的善心人士，像久谷這類地方議員也很多。

但笘篠認為聽到觀護人便認定久谷是善心人士失之武斷。久谷上一個工作是議員這一點也令人有所顧慮。並非每一個議員都是善心人士，有些人也視觀護人為一種榮譽職銜。總之，不見到本人很難說，但若他能多少提供一些出獄後的真希的資料，是真善還是偽善都不重要。

二〇一五年二月出獄到翌年二〇一六年六月去「冰室冷藏」上班的這一年多的時間，真希在哪裡做些什麼、與誰接觸？要是無法從中找出蛛絲馬跡，便無法查出他如何得到天野明彥的個資。

富谷市日和台。這一帶國道四號沿線的丘陵地新興住宅林立，人口因作為仙台的衛星城市而增加。從最初的社區落成到即將過完半個世紀的現在，人口仍持續微增。

久谷的住處位於住宅區最靠邊的一端。或許是這一帶最老的住戶，從加蓋部分就看得出那幢木造二層樓的建築已有相當的屋齡。

根據事前調查，久谷現年七十八歲。擔任町議員是過去的事，最近連續兩次落選。來玄關應門的久谷雖儼然慈祥老爺爺貌，眼裡卻沒有笑意。

「我們是宮城縣警的笘篠和蓮田。」

「執勤辛苦了啊。」

久谷雖將兩人迎入客廳，卻以妻子出門不在為由，完全沒有款待客人的意思。客廳裡掛著裱了框的町議會議員當選證書。笘篠不太喜歡會在接待來客的地方炫耀自己的成就的人。

「兩位是為了真希龍彌而來的吧。一次來兩個警察，他又幹了什麼好事？」

笘篠仔細觀察久谷的表情。要是閃過任何一絲揶揄他們的神色，就有可能是已經知道真希的末路。

「真希死了。」

笘篠這樣一說，久谷立刻出現瞇起眼遠眺的神情。

「這是真的嗎？」

拜偵訊訪談過無數人之賜，除非對方是詐欺慣犯，否則笘篠從一個反應就能看出是否說謊。久谷的反應不像是演出來的。

「六月二十日，在仙台市內的富澤公園發現了他的屍體。」

「是被殺的嗎？」

「您為何會這麼認為？」

「至少在我看來，他不是個會自殺的人。」

「久谷先生在真希出獄後照顧過他。我們今天來打擾，是想請教當時的狀況。」

「你們想知道真希剛出獄時的狀況，就表示還沒有凶手的眉目是吧？」

眼中深處隱約可見猜疑。看來比起凶手案情，他更提防命案和自己扯上關係。

「話先說在前頭，我可沒去過什麼富澤公園。」

「我們並沒有懷疑久谷先生。我們一心只想了解真希龍彌的交友情形。真希因為是再犯，被判了九年徒刑。一般在監獄裡過了九年，牆外的朋友會變少。」

「是啊，是有這種傾向。」

久谷一副內行人的神情點點頭。

「至今我照顧過不少人，一開始他們都大驚失色。電視變薄啦，手機變成智慧型的啦，跟不太上世界的變化。或許牆內牆外的時間流速不同。」

「簡直就像浦島太郎。」

「浦島太郎這個比喻很妙。他們無法適應現狀的樣子，的確像是民間故事裡的人。只不過浦島太郎是因為做了好事受邀到龍宮一遊，受刑人卻是惡有惡報才進監獄受處分。似是而非。」

或許自以為語帶機鋒，久谷嘴角揚起。笘篠並不認為每個從事議員工作的人都是如此，但久谷對受刑人太過欠缺同理心。才短短交談了幾分鐘，但他的話一點都不像觀護人。交由笘篠主導訪談的蓮田眉宇間也露出厭惡之色。

久谷是七年前開始擔任觀護人的。正好是町議會議員落選之時，令人不禁揣測他是否試圖以公家志工活動來催票。

切莫小看催票，對曾經嘗過當選滋味的人來說，空閒時間的志工活動根本不算什麼。只要幫一下更生人就能賺幾十票，何樂而不為。

「那麼真希怎麼樣呢？」

「他也是浦島太郎。就連生活在牆外的我都覺得九年相當長了。這期間，中國成為世界第二經濟大國，日本和韓國鬧得水火不容。北韓的政權從金正日交棒給金正恩。日本也是改朝換代，還有……發生了東日本大震災。」

在提到震災時，聲音到底是低了幾分。

「刑警先生震災當時在哪裡？」

「我當時在辦案，是在縣內。」

「那麼，你有沒有從相關人士那裡聽說宮城監獄裡的情形？」

「不巧我認識的監所管理員不多。」

「監獄這種地方，建築本身就很堅固，聽說那場震災也沒帶來絲毫影響。而且儲備了充分的水和糧食，所以他們的日常生活不像牆外變化那麼大。雖然不是每天，但也能洗澡。對那些家人和財產都被沖走、不得不在避難所生活的人來說，監獄裡的生活才是龍宮吧。」

久谷以滿腹怒氣的語氣說。富谷市當然也蒙受了災情。也許是因為安分守己的市民正飽嘗辛酸，卻得知罪犯在銅牆鐵壁中過著衣食無虞的生活，因而憤憤不平。畢竟，監獄是靠稅金營運的。假如久谷真是為了選票才當觀護人，可以想見他的心情一定很複雜。

「真希出獄後一開始最吃驚的，是遭震災肆虐後尚未重建的市容。他是二〇一五年二月出獄的，那時候震災才過了四年，復興工程進行到一半，他說簡直像來到別的國家。」

服完刑回來變成浦島太郎，指的也是市容變了樣。

「突然闖進了陌生的國度，也就不會有以前的朋友來找他。他自己也發過牢騷，說第二次被捕之前的朋友都鳥獸散似地不見了。」

「出獄後，真希就住在久谷先生您府上嗎？」

「只有一星期而已。」

久谷說完，恨恨地哼了一聲。

「我為他勞心勞力，他卻一個星期就走了。」

「那段期間，有沒有獄友來找他？」

「沒有。」

久谷冷回。

「我是看過他滑出獄時發還的手機，但要是問有多少人來找過真希，答案是零。就我所知，沒有人來找過他。」

「真希出獄後立刻就去找工作嗎？」

「富谷市向來就是住宅功能的衛星城市，本來就不是人力需求會爆增的地方，再加上震災後公司一家接著一家倒，他遲遲找不到工作。反而是仙台市最先升起復興的狼煙，也有些工作機會。但是，仙台那邊我就沒有朋友了。刑警先生對更生人的就業情形有所了解嗎？」

「很遺憾，我們忙著逮捕犯人。」

「我想你大概猜得到，願意僱用有前科者的企業不多。對於願意僱用保護觀察對象者的企業，法務省提供每年最多七十二萬圓的獎勵金，問題是要一年七十二萬的補助，還是要僱用有前科者的風險。」

久谷的語氣更冷漠了。

「身為觀護人，無論更生人有什麼前科，我做的事都差不多，但僱主就不一樣了。輕微的竊盜和強盜傷害的風險完全不同。」

「您的意思是，真希因為強盜傷害而被判刑，即使要找工作，門檻也很高？」

「實際去介紹就會非常有感觸。不光是觀護人，我連前町議會議員的頭銜也全用上了，但無論哪家企業，一聽到前科是強盜傷害就把要伸出來的手縮回去。」

笘篠大感意外。原以為久谷有點太愛權力，但若是他不惜拿出頭銜來幫助更生人，對他的看法也就會有所不同。

「我找了兩、三家我想得到的企業，結果很慘淡。他本人一定也料到了吧。我告訴他面試被拒絕了，他也不怎麼失望。然後他就走了。」

「他有地方可去嗎？」

「這我就不知道了。他說繼續再麻煩我於心不安，要自己想辦法找工作，但我不相信那一週他就能找到門路。要是真有門路，怎麼想也就只有獄友了。他最後發的牢騷，通篇都是對牆外的怨恨。」

「什麼樣的怨恨？」

「在監獄裡被人用囚犯編號喊的時候，他不在意，也沒人要他在意。強盜傷害的罪狀也算光彩，至少不丟臉。然而一到外面就全倒過來了。一說前科是強盜傷害，馬上就吃閉門羹，光是說出真希龍彌這個名字就人人賞他白眼。真想乾脆連前科帶名字全都丟掉。」

笘篠不禁與蓮田對望。這會不會就是真希想得到他人個資的起因？

「老實說，那是我最深切感到自己的無能的時候。觀護人的立場也好，前町議會議員的頭銜也好，在世人的偏見面前一點用處都沒有。」

原來久谷的心情不佳來自於他的自我厭惡。笘篠自省：自己看人的眼光還不夠老練。

「關於真希，我當初只聽說他有竊盜和強盜傷害的前科，所以對成為保證人有所猶豫。然而實際見到他本人，才知道他是個膽小柔弱的人。我沒有刻意問就是聊一聊，原來他是在闖進便利商店時，跟店員扭打才害人受傷的。他本性不是個凶惡的人，只是個性多少有些懶散、不機伶而已。當然，他的行為不可取，但既然都好好服完刑出獄了，就算是贖過罪了。我不是不懂僱主那邊的顧慮，可是做人不應該有偏見。」

可以透露多少案情呢？事情很微妙。笘篠慎重斟酌用詞，提出了以下的問題：

「他說他想丟掉名字，接著有沒有再說什麼？例如想冒別人的名之類的？」

久谷聽到這個問題，露出搜索回憶的樣子，但很快便搖頭：

「沒有。他沒有說過這類的話。」

「真希在富澤公園遭到殺害時，是用另一個名字生活。在他工作的職場也是用那個名字。」

「錄取的時候不是一定要有住民票或身分證件嗎？」

「我們懷疑可能有人教唆他違法使用他人個資、住民票。這不是真希一個人就能辦到的。」

「不機伶的人就更不可能了。」

久谷看似靜靜燃燒怒火。

「要是我想到什麼，一定會跟警方聯絡。」

離開久谷家後，笘篠和蓮田開著Prius前往大崎市。真希與家裡沒有往來是透過宮城監獄得知的資料。不直接問他的家人便少了可信度。

「可是笘篠先生，他不過就是竊盜被抓，家人就不去探監了。那他家因為他搶便利商店跟他斷絕關係也就不難理解了啊。」

「就算這樣，他出獄以後還是可能會和家裡聯絡。總之，真希出獄以後曾經試著和某處接觸是事實。我們只能從關係人一個個去問。而且，也必須通知家屬他本人死亡的消息。」

大崎市三本木地區，地震造成的災情較海嘯更為顯著。綜合行政中心等大型設施挑高的天花板大範圍崩塌，市區道路處處龜裂、塌陷。現在，震災的遺跡已不明顯，但裂縫未經修補的空心磚牆、化為廢墟的店鋪就地曝露著殘骸。

真希的老家也刻劃著震災的傷痕。牆上爬著龜裂，雨水管中間被壓扁。震災已過了七年仍未修補的事實，透露了真希家的財務狀況。

對照信箱，上面只寫著「真希菜穗子」。

透過對講機說明來意後，一個嬌小的白髮婦人自玄關露臉。

「龍彌入獄後就再也沒有消息了。兩位特地跑這一趟，我也沒有什麼能奉告的。」

她就是母親菜穗子吧。頂著髮髻上鬆掉的白髮和眼尾深深的皺紋，打從一開始便擺明了要賞閉門羹，但笘篠的一句話讓菜穗子的態度為之一變。

「真希龍彌先生六月二十日被人發現死於仙台市的富澤公園。」

「咦……我沒聽過這新聞。」

「發現時，並不知道真希先生的身分。一直到昨天才終於查明的。」

「騙人。」

菜穗子說完就要關門。笘篠把腳伸進門縫擋住了。

「不是騙人的。縣警的調查員會特地跑到大崎來騙人嗎？」

「沒有消息是真的，所以我沒有什麼可說的。」

「那麼，至少讓我們報告令郎已死的事實。我們也不想白跑一趟。」

菜穗子猶豫了一瞬。夾在門縫裡的那隻腳所受的壓力一下子解除了。

「……請進。」

在富澤公園發現屍體後，便公開了死者大頭照。既然有家屬，專案小組理應會接到通報才對，卻也沒有。其中原因至今不明，但被帶進客廳後，笘篠總算明白了。

因為客廳裡不見電視也不見電腦。

映入眼簾的，是一幅貌似真希父親的老人遺照，高掛在近天花板的牆上，睥睨客廳。

「龍彌真的死了？」

菜穗子問起，笘篠便取出駕照的照片。

「請忽略駕照上的姓名和住址。」

「啊啊、啊啊、啊啊。」

接過照片的菜穗子囈語般驚呼，跌坐在地。

「……這、這是龍彌沒錯。」

「您家裡好像沒有電視？」

「龍彌去搶便利商店那時丟了。我們實在不願意聽到新聞天天播龍彌的名字。」

「沒有電視，要是再發生地震不是很困擾嗎？」

「現在手機都有地震速報……」

「但我想一般人也不太會把電視整個丟掉。」

「是我先生說要丟的。」

菜穗子抬頭看遺照說。

「搶便利商店那時候，新聞播了快一週。那段期間，我怕街坊鄰居的眼光怕得一步都不敢出門。」

「具體上有遇到惡意作弄或誹謗中傷嗎？」

「倒是沒有……可是，我先生說反正一出去就會被人指指點點，叫我不要出去。」

笘篠再次看了遺照。長相看起來就很嚴厲，彷彿隨時會從遺照中破口大罵。

「您先生是個相當嚴厲的人吧？」

「大概是當中小學校長的關係吧……再加上龍彌是獨生子，所以他管很多。龍彌頭一次偷別人的錢的時候，他氣得簡直頭上要冒火了，我費了好大的勁才勸住他。」

「府上是從那時候開始疏遠他的嗎？」

「因為那時候我先生還在職，所以嚴禁曾經被捕的兒子靠近家裡。」

這是父母不宜過度嚴格的一個例子。儘管犯罪是事實，但年紀輕輕就失去依靠，比有依靠的人更難更生。經濟困難的真希之所以重蹈覆轍去搶便利商店，家庭環境或許也是原因之一。

「您先生是什麼時候過世的？」

「兩年前。」

二年前正是真希開始在「冰室冷藏」上班的時候。

「就時期而言，他已經出獄。他沒有跟您聯絡嗎？」

「之前被捕的時候，他父親就宣布跟他斷絕關係了。從那之後，真的連一通電話都沒有。」

菜穗子恨恨地說。不知她恨的是丈夫，還是龍彌。或許連她本人也不知道。

「我先生在家裡也是校長。他的教育方針和放任完全相反，常常罵龍彌。龍彌是個好孩子。雖然是好孩子，卻一直躲在別人背後。我先生也很討厭他這樣依賴別人的毛病。」

也難怪會和父親不親，在家裡待不下去。

「可是他是個善良的孩子，從來沒做過傷害別人的事，反而都是被欺負的那一方……後來他交了一些壞朋友，開始跑柏青哥店，常常不在家。他的成績上不了大學，後來連工作都找不到的時候，出了第一次的事。」

「也可能是怕您先生在氣頭上，不敢聯絡吧。」

「我好幾次都想跟他聯絡，可是我先生不准。他有些冥頑不靈的地方……」

不難想像一個在家擁有絕對威權的丈夫與一個服從的妻子。笘篠無意鞭屍，但做丈夫的肯定不止管兒子，連妻子的一舉一動都要管。否則便無法解釋菜穗子在丈夫死後仍謹遵他的吩咐不和兒子聯絡的行為。

菜穗子終於緩緩抬頭。

「您說龍彌在公園被發現，他是自殺的嗎？」

「不是。」

「那就是被殺的了。」

在富澤公園發現的男子死於他殺一事新聞已公開報導過。也沒有必要在此加以隱瞞，是應該告訴親生母親。

「他的身體有部分遭到損毀，令人無法立刻判別身分。」

「遺體現在在哪裡？」

「安置在南署的太平間。」

「請讓我見他，現在馬上。」

菜穗子還坐在地上便直接低頭懇求。

「求求您、求求您。」

看著她傷心錯亂的樣子，實在悲哀。笘篠的手搭在菜穗子肩上，要她冷靜下來。

蓮田看不過去，插嘴說道：

「除了伯母，沒有人能為令郎辦後事。」

「啊……」

「當您認過令郎之後，我們會將遺體連同相驗屍體證明書一起交還給您。您只要向市公所提出相驗屍體證明書，就會核發火葬許可。」

聽蓮田說明接回遺體到葬禮的流程，菜穗子似乎終於回神。好像發現自己如果不振作一點，連兒子的葬禮都沒辦法辦。

聽蓮田說明完，菜穗子搖搖晃晃地站起來。

「兩位問了這麼多龍彌的事，是因為還沒有抓到凶手吧？」

「很慚愧。昨天才終於查明龍彌先生的身分。」

「請一定、」

她的聲音彷彿是從身體深處擠出來，

「一定要抓到凶手。要懲罰凶手。不然我太對不起龍彌了。」

夾著嗚咽的話聲從捂住臉的雙手中透出來，

「親生兒子出獄、被殺，我一直到此時此刻才知道。我、我這個母親實在是太糟了。」

嗚咽持續了好一陣子。

「我好久沒這麼生氣了。」

離開真希家時，蓮田反常地憤慨。

「真希龍彌拿到了天野明彥這個新名字。代價是必須忘記與真希龍彌有關的所有人。是這樣沒錯吧。」

「鬼河內珠美也一樣。為了隱瞞身為罪犯夫婦之女的身分，以前的名字和生活都必須丟掉。只能找不需要身分證明的工作。」

為逃避過去而掙扎的人們，最後被逼得走投無路而沒命。說諷刺還真諷刺。

「他們兩人的共通點，是用本名活不下去。不是本人有前科，就是家人有前科。有人把失蹤者的個資賣給這種處境的人。」

「殺害真希龍彌的凶手會不會就是這傢伙？」

「可能性不小。無論如何，我們要追查的都是賣個資的人。」

「可是鬼河內珠美和真希龍彌都死了。就算有別的用新名字生活的人，他們也不會主動承認啊。」

「不是找下游，要去找上游。」

「看樣子笘篠先生有門路啊。」

笘篠沒有明確回答，但真希是更生人，這一點立刻便縮小了搜查範圍。受刑人的圈子就是這麼小。

2

一查出真希龍彌的身分，專案小組立刻活躍起來。不知被害者姓名時無從調查人際關係，而查出是前科犯後的交友範圍便自動縮小了。這方面的看法與笘篠相同。

真希在宮城監獄服刑九年。監獄內受刑人之間幾乎是全面禁止交談的，但不可能因此便全無往來。背著規定偷偷來、或是公然建立交情的情況並不少。懷疑販賣失蹤者個資給真希的是獄友，可說極為合理。

而最了解受刑人的人際關係的，非受刑人本人與監所管理員莫屬。

笘篠與蓮田獲派負責訪談監所管理員，前往宮城監獄。

在附近的停車場停好 Prius，兩人站在正門前。深具時代感的紅磚大門巍然聳立。轉頭一看，蓮田似乎很緊張。

「我是第一次來監獄。」

他一臉含羞與好奇交織的表情。

「明明離縣警本部也不算遠，我們抓到的犯人也都收容在這裡，卻很神奇地沒有機會來。」

「因為監獄不但是刑事設施，同時也是更生設施啊。與警察沒什麼緣分也沒什麼好奇怪的。」

宮城監獄內設置了木工、印刷、洋裁、皮藝的作業工場。一問之下，原來嫻熟作業的受刑人不在少數，呈現出宛如職業訓練所的樣貌。

另一方面，宮城監獄也有仙台矯正管區內唯一的死刑設備。兼具刑事設施與更生設施的雙重性質使宮城監獄顯得十分獨特。

兩人經過正門，走向看守棟。正如從久谷那裡聽來的，監獄的外牆以堅牢著稱，古色蒼茫又厚重篤實。

笘篠事先已提報來訪目的，因此立刻便見到他們要找的監所管理員。

東良主任看守。監所管理員資歷十二年的老手，隔著衣服也看得出肌肉結實。只不過表情缺乏變化，笘篠正面看過去也沒有露出一絲客套的笑容。

「不好意思在您百忙之中前來打擾。」

「哪裡，這是工作。」

不要說眉毛，東良連一束表情肌都沒有動。就算是為指導受刑人練出來的，也讓人覺得像在對雕像說話。

「今天前來，是想請教關於以前曾在此服刑的真希龍彌的事。」

「真希龍彌。」

東良以平板的語調複述。

「不好意思。如果您知道的話，能不能告訴我囚犯編號？囚犯我們都是以編號來叫，而不是叫名字。」

「聽說是五二四七。闖便利商店的男子。」

「五二四七……我想起來了。因強盜傷害被判了九年徒刑的人。」

「他是二〇〇六年進來這裡的。」

「我還是一般看守的時候。我記得。」

「真希……五二四七是個怎麼樣的受刑人？」

「怎麼樣？」

被問到的東良頂著一張能劇面具般的臉沉默了。還以為他拒絕作答，但看來似乎是在搜尋記憶。

「沒有特別的印象。我記得他沒有反抗管理員指示的言行，態度非常服從。」因為分不出他是開玩笑還是認真的，笘篠猶豫著不敢笑。只怕沒有多少人敢在監獄內反抗監所管理員。

「我們想請教的不是他對監所管理員的態度，而是與其他受刑人的關係。五二四七有沒有特別親近的受刑人？」

「原則上，受刑人之間能夠交談的時間有限。因此，與特定受刑者親近的可能性很低。」

「東良先生，我們不是來請教您監獄所的原理原則和主張的。」

笘篠判斷再這樣下去沒完沒了，便出示天野明彥名義的駕照照片。

「囚犯編號五二四七真希龍彌，出獄後一直冒用天野明彥這位失蹤者的身分就職、生活。但前幾天，被人發現死於富澤公園。而且為了不讓人找出他的身分，雙手十指指尖和上下顎都遭到破壞。」

東良的表情發生了一絲變化，像是疑問冰釋般點了頭。

「富澤公園的命案我聽說了。總覺得那張照片很眼熟，原來就是五二四七嗎？」

平淡的語氣令人感到不太對勁。一個認識的人無論遭遇什麼慘事，對這個人而言也不過就是一個有編號的囚犯嗎？

爭論東良的人性也沒有用，但坐在旁邊的蓮田似乎不這麼想，一點也不掩飾他的不滿。在這裡與訪談的對象爭辯也沒有任何好處。笘篠向蓮田使眼色要他忍。

「真希龍彌應該是取得住民票假冒失蹤者的身分。但是，一般要取得別人的住民票並不容易。應該是有人居中向真希介紹，或是將個資賣給他。」

「所以您是懷疑可能是受刑人？」

「世道艱難，而一旦入獄，在裡面自然會認識人。雖然依規定受刑人之間除了限定的時間之外禁止交談，但您們監所管理員也不可能隨時監視所有人。」

「這是懷疑我們的工作能力嗎？」

「我的意思是，就算受刑人之間走得近，也不能怪監所管理員。」

交談之後，便發現東良的組織防衛意識很強。要讓他開口，只能主動先給免罪符。

「像東良先生這麼資深的監所管理員，受刑人在監獄裡的悄悄話和傳聞都會傳進您耳裡吧。我們要收集的就是這類情報。」

東良眼睛眨也不眨地望著笘篠。還是看不出他的情緒，笘篠漸漸開始著急。

「縣警的搜查目的是逮捕殺害五二四七的凶手嗎？還是查出賣售失蹤者個人資料的人？」

「我個人認為這兩件事是同一件事。而逮捕此人也能進而預防模仿犯的產生。」

笘篠與東良又繼續互瞪。

老實說，笘篠認為所謂預防模仿犯云云才是警方不切實際的主張。因為人們的偏見，這些人以原本的身分連一份正當的工作都找不到。冒用別人的身分固然違法，但不這麼做便活不下去也是事實。他也認為，要怪的應該是逼鬼河內珠美和真希龍彌不得不假冒身分的社會。

只不過笘篠在心情上，無論如何都不能原諒鬼河內珠美盜用奈津美的名字。在得知他們的苦衷之後，私憤之火仍在內心悶燒。

「既然要預防模仿犯，身為刑事設施裡的一員，就不能不協助了。」

東良的語氣太過公事化，一點也沒有合作的意思。

「我不否認監所裡部分受刑人之間可能存在不當社交圈。正如笘篠先生所懷疑的，也許有不肖分子斡旋買賣個資。但遺憾的是，我沒有直接看見聽見這類事實。」

曾經一瞬間鬆動的情緒，又凝結了。從他嘴裡吐出來的話，聽來就像沒有溫度的電子音。

再繼續耗下去只是浪費時間。笘篠一如此判斷，便迅速反應在行動上。

「是嗎？不好意思佔用您寶貴的時間。」

笘篠輕輕行了一禮，站起來。蓮田也只好照做。

「我才不好意思沒幫上忙。」

態度貫徹到這種程度也算是一種本事，連致歉的話聽起來都很公事化。受到如此冰冷的對待，讓笘篠很想多說一句。

「今天我們就此告辭了，但日後還要請您幫忙。畢竟，當模仿犯增加，隱瞞了真正身分的人在社會橫行，屆時會發生更多像真希龍彌這樣的悲劇。」

「說得真篤定。您有什麼證據？」

「不管是披著羊皮的狼，還是披著狼皮的羊，頂著與內在不符的外皮只會越活越苦。而越活越苦的結果大多都是悲劇。」

「明明同樣是在刑事單位工作的人，不合作得有夠誇張。」

離開宮城監獄之後，蓮田的不滿還是沒有平息。

「監所管理員都那樣嗎？」

「同樣是刑事單位，他們隸屬於法務省，我們是歸國家公安委員會管轄。雙方的目標和要求都不一樣。」

「可是他也太……」

「監獄裡規律就是一切。受刑人結黨、密謀出獄後使壞這些，一介監所管理員當然不可能大方承認。像東良管理員態度那麼冷漠的，捫心自問，我們警察裡也有。歸屬感越強的人，對外的防衛心無論如何就是會越強。」

握著方向盤的蓮田鬧脾氣般嘴角往下撇。笘篠不禁莞爾，心想原來他還有這麼孩子氣的地方。

「笘篠先生真看得開。」

「這我就意外了。我看你一副要阻止我失控亂來的樣子。」

心裡的焦急並沒有消散。但了解鬼河內珠美和真希龍彌的苦衷之後，便對他們心生同情。

「受到那麼公事化的對待還這麼冷靜，難不成笘篠先生，你掌握到什麼了嗎？」

「是有一個人選。一個在宮城監獄服刑時，備受受刑人信賴，一直謀劃著出獄後的地下事業的人。」

男子的基地位於宮城縣多賀城市中央三丁目一棟複合式大樓的某一室。笘篠來過一次，認得路。

因為大樓髒髒的，內部樓層有霉味，使得掛在門上的「帝國調查」的金色招牌顯得更加廉價。

「笘篠先生，這裡是……」

蓮田似乎終於猜到笘篠要找的是誰，壓低聲音說。

笘篠對門外的對講機視而不見，逕自敲門。因為一說是警察，對方保證會裝不在。敲到第五次總算有了回應。

「哪來的原始人啊？沒看見對講機嗎？」

一個看來只會以威脅來溝通的男子露了臉。笘篠將警察手冊拿到男子面前。

「五代良則在嗎？」

被攻了個措手不及的男子不作聲。

「我們是搜查一課的笘篠和蓮田。跟他說了他就會想起來的。」

男子縮進去後不久，還沒見到人，裡面的房間便傳來一個聽過的聲音：

「好久不見了，兩位。」

一張和剛才那個一臉凶相的男子截然不同的瘦臉出現了，掛著輕薄的笑容。

這個人就是五代良則。

「今天有何貴幹？」

「對『調查帝國』的業務內容有點事想請問。」

「搜索令……看來是沒有的吧。那麼就真的是純訪談囉？」

「讓刑警進辦公室有傷門面嗎？」

「哪裡的話。我們是正派經營，對警方是全面協助的。請進請進，不過沒什麼能招待的就是了。」

笘篠與蓮田便依言進了辦公室。

五代良則有詐欺前科。目前的工作表面上是民間調查公司，但背地裡是違法賣名單的，所以做的依舊是不能見光的買賣。

笘篠是因過去的案件認識五代的。辦案中查出五代的獄友為嫌犯，在追查這條消息的過程找上了五代。他知性的眼神令人印象深刻，頭腦也很靈活。雖認為他大可不必刻意選擇不正派的工作，但他本人似乎無意棲身清流。

五代請兩人在會客沙發上坐，然後突然要部下拿一瓶白蘭地和三個杯子。

「來一杯吧？」

「我們在值勤。」

「真遺憾。那我就獨享了。」

五代抿了一小口琥珀色的液體。他肯定是明知他們會謝絕，而故意這麼做的。鄙視人的態度倒是一點都沒變。

「那，有何貴幹？」

「前幾天，富澤公園發現一名男性屍體的案子，你知道嗎？」

「哦，新聞有報導。不是聽說手指全都被砍掉了嗎？」

「我們對外公開了被害人的照片。」

「看到了。最近都是以貼在網路上的自拍照為主流，警方公開的卻是古早味的證件大頭照。」

「你認得被害人嗎？」

「不認得。難不成他有我們的名片？」

「對外公開的名字是天野明彥，但被害人還有另一個名字。」

五代的眼神警戒之色大起。

「砍掉十根手指是為了隱瞞真實身分嗎？」

「是我們在問你。」

「公開的是證件照，可見是和偽造身分證件有關。這怎麼會和我扯上關係？」

「遇害的男子有前科。判刑之後和你一樣在宮城監獄服刑。」

五代臉上的冷笑擴大了。看來光是這兩句話他就全都明白了。

「原來如此。所以懷疑我和死者認識，把他人個資賣給他的是我？」

僅僅透露最少資料仍被一語道破，那麼其他的再瞞下去也沒有意義。

「其實還有另一項懷疑。天野明彥是震災後的失蹤者。」

「哦──。」

五代有所領悟般點點頭。所謂聞一知十便是如此。不禁令人深感這樣的人不走正路實在可惜。

「我們是賣名單的，所以你認為我們要取得失蹤者的個資、偽造住民票是小菜一碟是吧。嗯──。震災雖然已經過了七年，據說到現在還是有尚未宣告死亡的失蹤者。用他們的個資來偽造住民票，只要親屬不辦任何手續，就不用擔心盜用會露出馬腳。原來如此，著眼點倒是不錯。這年頭，用本名活不下去的人只會越來越多，運用3D印表機之類的新科技來偽造的技術也日新月異。商機也不小。」

五代唱歌般說了這一大串，不料卻見他聳聳肩。

「但後起者沒有多少好處可撈。不過這在哪一行都一樣。」

「什麼意思？」

「用說的不如實際看的快。請用手機搜尋一下『代書、價格表、偽造』。」

在旁邊聽的蓮田立刻滑起手機。打開其中一則，就出現了這樣一張一覽表。

戶籍謄本（真有其人的正本）　三十萬圓

畢業證書　十萬圓

成績證明　十萬圓

護照　五十萬圓

住民票　十萬圓

印鑑證明　十萬圓

住民基本台帳卡　六萬圓
醫院診斷證明　十萬圓
薪資明細　十萬圓
薪資所得扣繳憑單　五萬圓
水電費帳單　六萬圓

笘篠不禁瞪大了眼睛。代書是司法書士、行政書士*的別稱，在黑市裡指的是偽造文書業者。笘篠萬萬沒想到偽造文書竟如此正大光明地宣傳。

「現在這種代書多的是。我想你也看得出廣告詞的日文很怪。現在業者雲集。供給

---

* 日本的司法書士主要業務內容是為客戶代辦商業註冊、房地產登記、準備司法訴訟文件等，與我國的「代書」相近，但範圍更大。行政書士則是代辦向政府行政單位提出的各式文件等，內容更加廣泛。兩者的主管機關分別為法務省與總務省，但均為通過國家考試才能取得的專業資格。

增加自然就會削價競爭。這裡列出來的價格已經比去年跌了將近一半。」

「這就是後起者沒有甜頭的原因嗎？可是，用本名活不下去的人不是也增加了嗎？」

「價格暴跌商品品質就跟著低落，這也是商業原理。舉例來說，官方文件的浮水印就需要相當高度的技術和設備，十萬根本不合算。要是乾脆用低技術去偽造，立刻就露出破綻。公所那些看慣正本的職員一看就知道是假的，根本不能用。不能用的東西有誰要買？」

偽造文書賺不了多少錢——五代的論點也有理，但如果專賣失蹤者的個資，難道不是一門生意嗎？

「看你的眼神，還在懷疑我對吧？」

「我想像你這麼聰明的，即使削價競爭應該也能存活吧？」

「就是因為聰明，才不會對偽造文書這種低技術、低報酬的工作感興趣。」

「那，你知不知道有哪些人可能會去碰這類工作？」

「我在牢裡幾乎沒有能安心來往的人。之前我也說過吧，我擇友的標準第一、第二都是認真老實的人。」

「還說你想交的朋友和想成為生意夥伴是同樣的意思。」
「這位刑警先生記憶力真好，連一些不用記的都記得。」
五代佩服般說完，恭恭敬敬地朝門一指：
「很抱歉，我能說的就這麼多了。您請回吧。」
這一趟純粹是訪談，既然被請出門就不得不走。
「我會再來的。」
「請不要再來了。生意以外的事再談也對我沒有好處。」
他的應對雖不至於到外表恭敬、內裡輕蔑的程度，卻也讓人火大得想朝地上吐口水。筈篠忍住想蓄口水的衝動，朝門走去。
「兩位辛苦了。」
筈篠他們被擺明了是挖苦的這句話送出門。
一回到車上，蓮田的不滿就爆發了。
「那傢伙，狗眼看人低！」
「他早就料到就算態度再差，我們也不能對他怎樣。」
「筈篠先生認為他很可疑？」

「現在還不敢說。只是聽他剛才的語氣，他應該認識很多代書。只要拿到失蹤者的個資，委託代書偽造再抽成也是一個辦法。」

「要監視五代嗎？」

「在那之前，必須先證明鬼河內珠美和真希龍彌和五代接觸過。要是無法證明，專案小組也不會點頭。」

這帶有警告意味的說法也是說給自己聽的。五代確實可疑，但若找不到他與兩名死者的接點，就等於是先射箭再畫靶。調查對象是黑道人物也可能成為矇蔽視線的原因。

「就是啊，五代看起來就是很難找到破綻的樣子。就算他真的受託偽造住民票，也不會粗心到留下與委託人接觸的痕跡吧。」蓮田說。

「那就換個方向找。賣名單的資訊來源不外乎公所和金融機構。只要找到五代與擁有失蹤者資料的部署接觸的事實，就會是突破點。」

蓮田似乎是接受了這個說法，點點頭轉動車鑰匙。

但笘篠自己並沒有完全接受。

4

笘篠溜進鄰室的同時，小宮山也進了偵訊室。坐在鐵椅上的溝井面有倦容。畢竟，回答的只有溝井一人，偵訊的則是四組人馬輪番上陣。小宮山是第二組，偵訊前已定好大方向。如果這樣還能撐著不說出買家的名字，那麼這個竊盜犯也算了不起了。

「你好像很累啊。」

小宮山以親切的態度開始偵訊。三課主要是對付竊盜犯，但並不是每位刑警都會一開始就居高臨下咄咄逼人。

「我只有一個人耶。太吃虧了。」

溝井身心俱疲般說。偵訊明文規定一天不得超過八小時，但反過來說，這便意味著八小時都要被問同樣的問題。這樣還不累的話，如果不是非常習慣偵訊，便是擁有非比尋常的意志力。

「溝井先生，警方也不是為了好玩才問你的。如果你非法轉賣的只是遊戲機或貴重金屬，偵訊早就結束了。現在結束不了，就是因為你賣的是個資。你開始做現在這個工作的時候，僱主應該再三強調過個資的重要性強調到你耳朵長繭才對。不，你就是因為知道個資的重要性，才會沒把官方公家機關釋出的硬碟賤價賣給中古行，而是高價賣給了另外的買家。」

「要給出售的商品標什麼價是我的自由不是嗎？」

「是啊，如果東西不是偷來的話。」

俗話說作賊也有三分理，但實際上竊盜犯的抗辯一點說服力也沒有。溝井出師不利，啐了一聲。

「刑警先生，你滿口個資個資的，不過就是手機號碼和存款餘額被人知道而已，有這麼嚴重嗎？是啦，感覺是不太舒服，可是又不是一被知道財產就會馬上被搶。或許是有人會為了錢來找你，可是只要自己腦筋清楚一點就不會上詐騙的當。本來絕大多數的下級國民的個資根本就什沒麼價值。」

「哦，你是說，沒有資產的人的個資就不值得保護？」

「我又沒有那麼說。」

這就連溝井都有點尷尬地含糊其詞。

「我聽說『BROAD DISKAID』給的薪水不算低啊。」

「是不算低，可是也不算高。是啦，是我自己沒什麼證照，可是這年頭光靠公司的薪水就能活得自由自在的，就只有上級國民而已。」

「我問過你常去的中古行了。聽說容量三TB的硬碟一個用四千跟你買。你一次至少會拿二十個去。單純計算就八萬。而且要是公家來的就開價一點五倍，加起來隨便就超過十萬。副業能賺這麼多的人，還好意思說什麼上級下級。」

「那也不必連買的人都找出來問罪啊！又不是兒童色情片。」

「那我反過來問你，你為什麼要這麼保護你的客戶？我可沒說要罰買的人哦。只不過身為警察要防止個資濫用而已。」

「所以我就說啊，窮人的個資又不能濫用到哪裡去。」

「溝井先生是石卷土生土長的吧？」

「對啊。那又怎樣？」

「有沒有哪位親人因為震災走了？」

「我媽……這和這次的事又沒有關係。」

「五月，在氣仙沼的海岸發現了一具女性自殺的遺體。她身上的駕照上登記的是另一個人的姓名住址。是在震災中失蹤的人的姓名住址。」

溝井的臉色變了。

「六月在富澤公園發現一具男性被殺的屍體，這個案子的被害人也一樣，平時以失蹤者的姓名生活。還用他弄到的住民票去辦了駕照。我們認為這兩起案件都是市公所外洩的個資被濫用了。」

「這很難講吧！」

「你說你在震災中失去了母親。假如你母親的遺體沒被找到，有人借用了她的姓名取得住民票，享受福利。你想像過嗎？會冒用別人的名字的，不是有前科就是類似的人。一個前科犯利用你母親活過的人生享受著日常生活。或者用你母親的名字一再從事詐騙、竊盜、賣春這些犯罪，溝井先生你作何感想？」

雖然初步，卻是很高明的偵訊。這是因為初犯的溝井本性還沒有壞透，還有訴諸良心的餘地。再加上，母親是所有男人的軟肋。只要搬出母親，幾乎沒有男人能無動於衷。

「你是說，我賣掉的硬碟裡紀錄了失蹤者的個資？」

「我們已經向各行政單位確認過了。送回『仙台租賃』的其中一個硬碟裡保存了震災時的一切紀錄。剛才告訴你的那兩個失蹤者也在列。因為你偷賣硬碟，不特定多數的失蹤者的人生就被霸佔了。」

小宮山的語氣變得冷硬。

「公家機關的硬碟一個六千。其中一個裡面保存了所有市民、所有失蹤者的個資，你卻用區區六千就賣掉了。溝井先生，你把那些錢花在哪裡？豪華晚餐嗎？潮服嗎？還是去賽馬場灑錢抒發平日的鬱悶呢？」

小宮山的聲音不大，也不激動。但他的話卻狠狠刺中對方內心。溝井的視線落在桌上，逃避小宮山的視線。

「你把公家機關的硬碟賣給誰了？」

「幫我找律師。」

「連委任狀都沒有，你還真性急啊。要請律師是你的自由，但就算請了律師，偵訊時也未必能同席。」

「我現在就要請律師。在律師來之前，無論你們再怎麼問我都不會回答。」

「別一直像個孩子似的鬧脾氣。」

小宮山脅迫溝井般探出上半身。

「告訴你，『BROAD DISKAID』已經準備解僱你了，就算你想找公司的顧問律師也沒用。我看你也不像認識律師。這麼一來，就算現在委任，也要等你被捕之後律師才能採取行動。這段期間失蹤者的個資繼續被他人使用，他們的尊嚴繼續被踐踏。而這一切都是你的責任。就因為你賺了那麼一點零用錢，幾百萬個善良市民的生活和精神就要遭受威脅。」

溝井還是不肯正視小宮山。不，是不能。於是小宮山在絕佳時機低聲說道：

「災民互助會的鵠沼駿。」

效果驚人。

一說出這個名字，溝井的表情立刻僵住了。絕對不是聽到一個未知人名的反應。

「看樣子，你是知道這個名字的。喔，別說你不知道。你們既然定期交易，物品和金錢的交割一定會留下郵遞紀錄或銀行帳戶。如果是當場一手交錢一手交貨，手機裡就會留下通話紀錄。無論是哪一種，我們都會徹底調查，再瞞也沒有意義。我不想再重複那些對彼此都沒有用的問題，你也已經快受不了了。」

從笞篠所在之處也能清楚感覺到溝井內心的掙扎。郵遞紀錄、銀行帳戶，以及通話紀錄。看來他對其中幾項心裡有數，畏縮得像隻被逼入死角的小動物。

「如果你以為這次因竊盜被捕是初犯會緩刑，我可以告訴你，事情沒那麼簡單。你現在不是單純的竊盜，是販賣大量個資的罪，罪刑更重。檢方多半會想殺一儆百，不可能輕易做出溫情判決。但是呢，溝井先生，如果你肯和警方合作就另當別論。你知道窮鳥入懷仁人所憫這句話嗎？」

掙扎轉為狼狽。一個初犯的竊盜犯是萬萬敵不過老練的調查員的。溝井露出即將投降的神情。事實上他要面臨的不止刑事責任，若以民事起訴，勢必會產生上億的損害賠償，但人被逼急了就想不到那麼多。

「如果你要跟買家講道義不願出賣他，那你不用開口。只要對我的問題搖頭或點頭就可以了。這樣也對得起你的道義。如何？」

溝井仍舊不作聲，後來點了一下頭。

「公家機關的硬碟你賣給了鵠沼對嗎？」

頭又低了一次。

小宮山滿意地笑了。

在筆錄上簽名蓋手印之後，溝井就被帶出了偵訊室。

小宮山晚他幾步從偵訊室出來。

「精彩。」

「被一個初犯的拖了好久，哪裡精彩？」

看來他不是謙虛，是真心這麼認為。

「你們打算立刻去把鵜沼找來對吧？」

「看你的臉色，叫你不要跟你也一定會跟吧。我都懶得跟你辯了。」

三課的搜查有一課的調查員同行。說特例確實是特例，但主導權事後再由課長們去協調就好。笘篠一路追查鬼河內珠美與真希龍彌，現在就算要和小宮山爭，也要親自去災民互助會。

根據簡介，災民互助會的本部位於仙台市宮城野區安養寺。前往當地一看，原來是一般住宅與集合住宅混在一處的住宅區。

笘篠坐在小宮山所駕駛的便衣警車上對他說：

「到了本部要是人去樓空會很難看哦。」

「拿到你的情報那一刻起，我們就開始盯人了。出發前我才確認過，鵜沼在本部。」

「我不認為光憑向溝井買硬碟他就會答應任意同行。」

「你就別明知故問了。他就是知道光買不構成犯罪才會答應任意同行。等把人帶到縣警本部，再用濫用個資來偵訊就好。」

附近可能是有幼兒園，人行道上有幼童的行列。街角的便利商店也有一對大概是蹺了課的高中情侶。怎麼看都是平凡平靜的街頭，但一想到在這片風景中潛伏著為非作歹的NPO法人，就覺得視野黯淡了幾分。

「東日本大震災災民互助會」的以下幾項資訊是公開的。

該會成立於二〇一三年三月，成立時的章程為振興宮城縣觀光與活化經濟活動。這符合限定二十類NPO法人活動範圍。登錄員工包括鵠沼在內共十人，這也符合NPO法人成立的條件。有些NPO法人有政治家和名人當理事，但災民互助會並不在此列。該會備妥相關文件後向仙台市申請審查，二個月後得到認證向法務局登記。

但，登記簿上記載的十人當中有幾人是真正的員工？笘篠有所懷疑。這個團體的代表人物搜購人民個資。叫人不要有先入為主的觀念才是強人所難。

「就是那個。」

小宮山的視線望著該當建築。看來本來是店鋪改裝成事務所的瓦片屋頂平房，掛著直式的「災民互助會」招牌。但小宮山之所以如此斷定並不是因為直式招牌，而是三戶外的便利商店前停著便衣警車。車上恐怕是三課的人。小宮山說在離開縣警本部前才確認過，應該就是他們這些監視人員傳來的消息吧。

將車停進停車場，兩人同時下車。不知尚未謀面的鵠沼駿是什麼樣的人，不能掉以輕心。反社會人士暗藏危險凶器的可能性不是零。為防突發狀況，要先簡單討論一下。

雖說是本部，屋子卻很簡陋，門是廉價的鋁紗門。首先由笘篠開門。坐在入口附近櫃台的女子招呼道：

「歡迎。請問是會員嗎？」

「不是。代表鵠沼先生在嗎？」

「在，請問您哪位？有預約嗎？」

「敝姓笘篠，沒有預約。我們想見代表一面。」

「您是不是有家人在震災中遇難？」

這個問題在意料之中。笘篠老實說是。

「那麼就是希望入會了呀。在見代表之前，先為您介紹一下我們會。」

看來櫃台女子對推銷很熟練，糾纏不休。笘篠不願在見到鵠沼之前表明警察身分，想隨便應付，她卻不肯輕易放過。

「還不算想入會。在決定要不要入會之前，我想聽聽成立此會的鵠沼先生怎麼說。不然下不了決心。」

自己都覺得有點強硬，但用來對付她的熱心剛好。

「是嗎？那麼，請稍等。」

或許這招奏效了，櫃台女子總算死了心。只見她轉身進了後面的房間。

終於要見到鵠沼了。

然而，等了一分鐘左右，還是沒人出來。不安油然而生的同時，櫃台女子回來了。

「奇怪了，剛才明明還在裡面的。」

笘篠和小宮山立刻往裡面衝。

一看就知道櫃台女子說的裡面是哪裡。那個房間擺了與裝潢不相配的總裁辦公桌和會客沙發，桌上的咖啡杯還剩一半。一摸，杯子還是溫的。

著了道了。

沒時間懊惱，出了房間繼續往後找。一闖進員工休息室，髒話便不由自主地脫口而出。

員工休息室直通後門。

小宮山也暴躁地打開後門。那一帶住宅密集，從大馬路上看不出來，但戶與戶之間有勉強容一人通行的小路。

「媽的！」

小宮山罵了一句，取出自己的手機。

「鵠沼從後門跑了。應該還走不遠，去追。我也會請求支援。」

小宮山依言向縣警本部請求支援後，終於轉身面向笘篠。

「你不去追嗎？」

「追人的事就交給你們三課。我想查一下這裡。」

「巧了，我也這麼想。」

咖啡杯裡還有半杯咖啡，可見他是休息到一半察覺異狀而逃走。雖不知究竟是什麼讓鵠沼察覺異狀，可以肯定的是他走得匆忙。換句話說，他應該沒有時間湮滅盜用個資的證據。

「就算逃走，遲早會抓到他。要追也可以，但我對留在這事務所裡的寶藏更有興趣。」

只要找出溝井偷賣的公家機關硬碟，就能先扣押證物。一旦有了物證，之後只要讓本人吐實即可。

「找贓物就交給三課。」

「什麼都交給我們啊。」

「我去向員工問話。」

笘篠將小宮山留在鵠沼房裡，從剛才來的走廊走回去。櫃台女子一臉惶惑地佇在入口附近。

「鵠沼代表好像逃走了。」

「怎麼會！」

「既然代表不在，只好問妳了。」

櫃台女子說她叫鈴波寬子，今年春天才開始到災民互助會上班。見笘篠出示警察手冊，她大吃一驚，然後害怕起來。

「你們會的活動內容是加深災民家屬之間的交流，是吧。實際上舉辦過這類集會嗎？」

「我不清楚。」

「妳上班有二個月了吧？」

「至少在本部沒有舉辦過那類集會。」

寬子在事務所裡攤開雙手，一副你自己看的樣子。事務所約五坪大小，但因為辦公桌和檔案櫃的關係，進來四個人就滿了。這裡實在無法舉辦集會。

「就算在事務所沒辦法辦，也可以在市民中心或另外租場地辦吧。妳身為櫃台，應該知道這些時程計畫和舉辦地點。」

「對不起，我的主要工作是櫃台和管理代表買東西的收據，和災民互助會的活動沒有太多關係。」

「那誰有關係？這裡起碼有十個員工。我沒看到其他人，到底都在哪裡？」

「我不知道。」

寬子不情不願地搖頭。

「我被錄取以來，就沒看過別的員工。所以都是我一個人做所有的事。」

「不好意思，請問鈴波小姐的僱用合約是幾年一約？」

「一年。」

災民互助鐵定是紙上ＮＰＯ法人。能稱得上員工的只有寬子，其他九人要不是借人頭，就是未經同意就被登錄。以一年作為寬子的僱用期間，多半是利用每年換人，不讓他們掌握災民互助會的真貌。

相較於一般企業和其他社團法人，NPO法人更受社會信賴，在調度資金方面佔有優勢。再加上，國家和地方政府有助成金或補助金。只要捏造活動紀錄，即使實質上是代表一人員工一人，這個NPO法人還是可以繼續存活。

而鵠沼以紙上NPO法人為幌子，實際從事的工作是濫用個資。接下來是笘篠的猜想，但他肯定是找出尚未聲請死亡宣告的失蹤者，將他們的個資賣給想要新名字新身分的人。

「鈴波小姐，妳說妳什麼都不知道，但我們還是要請妳到縣警本部，詢問更進一步的詳情。」

寬子無力點頭。但不知她消沉的原因是鵠沼失蹤，還是明天起就失業。

不久搜查三課便從縣警本部十萬火急趕來。立刻搜索事務所內部，不需多久便找出數個疑似溝井轉賣的硬碟。其中是否包含失蹤者個資，將交由鑑識或科搜研分析。

另一方面，出乎意料的是逃走的鵠沼驗竟行蹤杳然。縣警在主要道路上設了臨檢，但逃走後過了兩天卻沒有任何鵠沼的目擊情報。

只不過，也發現了新的事實。溝井的偵訊翌日仍繼續，而他的客戶當然不止鵠沼一個。公家機關送還的硬碟專供給鵠沼，而銀行等金融機構送來的硬碟竟是賣給了「帝國調查」的五代。

慚愧的是，在聽到溝井供述之前，笘篠完全沒考慮過鵠沼和五代之間的關係。但賣名單的五代，當然會渴望金融機構的個資。

知道之後笘篠連同小宮山一起前往「帝國調查」。有了從同一個人那裡收購個資的關係，或許他對鵠沼的去向略知一二。

「上次，五代並沒有提到轉賣硬碟的事。他那時候大概沒有料到三課會盯上溝井吧。」

被問到的就回答，沒被問到的就不答。這就不止五代，凡是做過虧心事的人都是這種反應吧。

到達多賀城市的複合式大樓，來到「帝國調查」門前，照例是那個長相不善的人來應門。

「我現在沒時間陪你們警察北北。」

男子一臉厭煩地要趕笘篠等人走。

「我們也沒有要你陪。只要讓我們跟五代社長談談就好。」

「就是社長不見了。我們也正在找他。」

「你說什麼？」

「昨天他突然出了辦公室，然後就完全聯絡不上了。」

四——孤高與群居

孤高と群棲

1——

幾年後當人們提起今年，用西曆應該會比國曆多——平成十一年就是這樣的一年。

『一九九九年第七個月，

恐怖大王將從天而降，

喚醒安格爾摩亞大王，

於馬爾斯前後行統治。』

根據這人盡皆知的諾斯特拉達姆斯的預言，今年七月恐怖大王將來臨，世界將會滅亡。

所謂的高二也不過是國中畢業才一年，簡單說就是小鬼。班上同學有近半數七嘴八舌談論著預言的命中率、恐怖大王究竟是誰等等話題。

「我看應該是會發生第三次世界大戰。」

「白痴。恐怖大王會降臨耶，一定是外星人來襲啊！」

「不對不對，是有未知的生化武器從俄羅斯或中國那些共產國家的實驗室跑出來。」

坐在靠窗座位的五代良則望著熱烈討論的同學們，心中暗罵。你們每個都是白痴。

五代自己既沒有單純到會全面接收古人留下來的話，也沒有膚淺到相信世界會瞬間毀滅。他對同班同學唯有輕視和憐憫。

談預言和世界滅亡談得不亦樂乎的，大多也是成績墊底的那群人。換句話說，只是既無腦又無能的人渴望破壞現狀而自嗨而已。

五代的高中是偏差值*不到四十、在縣內被稱為墊底高中的其中一間。偏差值不到

* 日本升學制度中用來評量成績的數值。以常態分布的中點為50，數值越高表示排名越高，學校越好。頂尖學府如東京大學、早稻田大學的偏差值都在70左右。

四十的高中，沒有多少人能考進國公立大學或有名私立大學。大家幾乎都沒有繼續升學，不是繼承家業就是在當地企業就職。不，找得到工作的還算好的，高中校友就有好幾個滿足於無所事事或當暴力集團的儲備成員。

念哪個學校進哪個班就決定了未來的人生。同學們對這樣的事實既沒有勇氣接受也沒有勇氣拒絕，只是對自己的將來茫然絕望。這份絕望，讓他們無可救藥地渴望預言成真，世界毀滅。

在入學典禮之前，五代也是懷抱希望的。新的舞台，新的朋友，以及新的可能性。滿心期待著進了高中或許能體驗到至今連想都沒想過的事。

然而，根本沒有那種東西。

級任老師打從一開始就擺明對學生毫不期待。

學生打從一開始就放棄課業，從「校外活動」找出路。

高中才不是什麼新的舞台，而是殘兵敗將聚集的廢墟。

五代才十五、六歲，就知道底層是什麼狀態。

真正的底層就是連伸手求援都放棄的狀態。四周沒有一個人有上進心，不難想像十年、二十年後的自己。艱澀的古文和方程式如同外文，因為幾乎不會用到也沒有學的必要。一些簡單的計算，手機會幫忙算。國語只要日常生活用語就能生活無礙。

升上二年級，五代他們所在之處更加荒廢。乖乖上課的不到十人，教學的老師也不奢求。賣力從事校外活動的學生陸續停學或退學，但校方也絲毫沒有著急的樣子。因為這所高中的「指標」是畢業典禮時學生有入學時的一半就謝天謝地。到了該考慮升學就業的時期，選擇卻少得驚人，絕大多數的學生面臨的不是選擇，而是不得不妥協。

只不過，對五代而言，這充滿諦觀與厭世的班級並不難待。

五代自己也是成績從後面數過來比較快，在藝術或體育方面也沒有突出的天分。要說有什麼比旁人優秀的，就是懂得照顧人和有看人的眼光，但他不認為這種才能對工作有幫助。

同學們還在拿諾斯特拉達姆斯的預言大做文章。

「七月不就只剩三個月嗎？幹麼還來學校上那些沒營養的課啊。」

「還學校咧，連家都可以不用回了。」

「喲喲喲，照你們這麼說，也可以去便利商店書店偷摸了。反正大家都會死，愛幹麼就幹麼。」

五代愉快地聽著男女同學的言論。預言和世界毀滅跟他們都無關。

他們想要的只是蹺課、遊蕩、鬧事也不會被責怪的理由。一群沒膽的東西。就算沒有這些理由，想蹺課就蹺，想偷東西就偷。沒有理由就不敢違規的人說什麼大話。

「班長呢？」

其中一人喊了坐在最前排的鵠沼駿。

鵠沼是乖乖上課的那不到十人的其中之一。乖乖上課的人，無論如何就是會被拱去打雜和當一些麻煩的職位。鵠沼就是這樣當上班長的。

「班長其實也很想發洩一下吧。那就一起嘛！」

「哦。我也很想看看班長放鬆的樣子。」

「喔喔，佳奈主動了哦。現在就在一起、在一起！」

五代忽然大感興趣。

他和鵠沼是高二才同班的，至今連話都沒說過。因為一眼就看得出他和自己是不同人種。五代甚至對這種人怎麼會在這所學校感到不可思議。既然不是同一個圈子的人，也就沒什麼好說的。

鵠沼面向他們。

「你們真有勇氣。我實在學不來。」

「勇氣？什麼勇氣？」

「諾斯特拉達姆斯的預言可能很準，今年七月人類就要滅亡。三個月後的未來誰也不知道，搞不好諾斯特拉達姆斯真的看到未來了。」

「對啊。所以才要拋開束縛啊。」

「可是，預言也可能不準。跟你們大玩特玩也是可以，可是要是七月過了，到了八月高中生活還在，世界理所當然地運轉，那之前的三個月就等於丟到水溝裡了。這麼可怕的事我不敢賭。也許你們會說我膽小，可是我認為在七月前的這三個月，還是照常過比較安全。」

大家都傻了，無話可回。

「而且，要是世界末日突然來臨人類轉眼就滅亡，說起來是很簡單，可是也太輕視每一個人的生命了。你們想像過自己毫無理由就在無法抵抗的情況下被殺嗎？沒有的話，就是缺乏想像力。」

鵠沼說完，不等大家的反應便又轉回去面向正面。

玩笑話被一本正經地回應，蠢得讓人連反駁都不想反駁了。所有人的反應正好就是這樣。

鵠沼這個人果然跟自己是不同的人種。

真是個討人厭的傢伙。

明明不是特別會打架，五代卻被不良少年們拱成頭頭。原因大概是與生俱來的凶相讓他顯得比實際年齡老成，還有就是擅長照顧人吧。

高中退學不是什麼值得驕傲的事，但這個年紀就能預見慘淡的未來，付出努力或擁有夢想都令人感到可悲。這麼一來，距離被貼上不學好的標籤便是特快直達。而一旦被視為不學好，距離成為社會敗類也是特快直達。

像五代這樣的高中生，校外活動會成為賺取資金的一環。敲詐勒索、仲介賣春、販毒。給五代他們工作的是高中的校友，他公然宣稱自己是暴力集團的儲備成員。也就是說，五代等人已經有既定路線，畢業後便接校友的位置。

在高二這個階段，五代組了一個五人左右的團體。要進行類黑道的校外活動，這樣的人數不會太多也不會太少，堪稱理想的成員架構。

四月街頭滿是新生和新社員。他們尚未適應新生活，是容易下手的肥羊。這個時期，五代等人專挑這類人下手。話雖如此，就算每天在外頭跑效率也不好。無論什麼事，都應該有勞力集中的時候。於是他們決定到別人的地盤打游擊。

二十五日，五代帶著團體的成員來到車站前商店街。大企業的發薪日都集中在二十五日。就算拿不到一整個月的薪水，因領到人生頭一份薪水而樂不可支的新社員還是經常上勾。因此五代他們挑這些人下班的傍晚六點之後才展開活動。

「看你手頭滿寬的嘛，大哥。」

找人搭訕是古尾的工作。他體格瘦弱也沒氣勢，但擅長找出膽小的人和身上可能有錢的人。古尾看上的，是一個還穿不慣西裝、滿臉學生樣的上班族。

「拿到薪水了吧。分一點給我這種窮學生嘛。」

只要找個理由，把人拉到後面馬路就任他們宰割了。獵物以為只要應付古尾一人，一看到還有四個同夥等在那裡，立刻就害怕了。

負責看守獵物與把風的岸部移動到大馬路上。在天生膽小的幫助下，岸部擁有立即察覺危險的專長。

鄉田與能村專門談判。

「這身衣服挺不錯的。哪家公司啊？」

「起薪多少啊？」

「那個，不好意思，我身上沒帶錢。」

「沒帶錢也有帶卡啊。告訴我們密碼就行了。」

「請你們放過我吧。」

「才不要。」

就算口頭交涉不利的肥羊，一旦鄉田和能村開始行使暴力，就會大方拿出現金或金融卡。

「多謝啦！」

在同一個場所狩獵有危險，所以五代他們在商店街找了十個地點，一邊移動一邊工作。但他們不貪心。一天的收穫達到十萬就收兵。切忌久待。

開始狩獵過了兩個小時。從三名看似新社員的男子搜刮了現金三萬五千圓和兩隻手錶。兩隻手錶拿去當加起來也才五千。

「勉強湊到四萬啊。」

在咖啡店小憩的鄉田不滿地咕噥。

「平常的日子也就算了，發薪日才這樣。有夠窮酸的。這樣繳完上納金就沒剩多少了。」

「沒有新社員會戴高級手錶的啦。」

古尾啜著咖啡說。

「不過，就算搶了手機也不值錢。」

「是時期的問題嗎？」

「二十五日發薪，不會發一整個月的薪水。可是月底才發薪日的公司本來就窮。」

「那，下次的目標就是黃金週前了。」

鄉田和古尾互發牢騷，岸部也插上一腳。

「連假期間要用錢，應該會有比較多人去提款機領錢。」

「那，同樣是上班族，是不是應該找有家庭的或是主婦比較好？」

對此，能村存疑：

「等一下。就算大叔和主婦會領很多現金，可是問題是我們應不應付得了啊。主婦馬上就會去找警察哭，大叔當中有些有在練的隔著衣服看不出來。我可不想被人家反過來修理。」

五代對大家的談話聽而不聞，古尾來問他：

「怎麼了，五代，你一直在想什麼？」
「想以後的事。」
五代低低這麼一說，所有人的視線都集中過來。
「什麼意思？」
「我覺得在街頭跟可能有錢的人要錢效率太差了。古尾的直覺也不是百發百中，而且景氣越來越差，大部分的人都沒什麼錢。平均一個人的收穫減少的話，就得靠數量來補。這麼一來，風險也會增加。」
負責暴力卻對風險敏感的鄉田挺身說道：
「你說的對。可是，其他方法風險也很大啊。販毒警察盯得很緊，賣藥現在別家的也盯上了不是嗎？」
「我是在想，有沒有什麼辦法不用我們去硬逼硬討，對方就會自動把錢拿出來。」
「詐騙那種的嗎？可是，我們又沒有那麼聰明。」
「詐騙也沒有那麼難。我聽說，有一種詐騙是用孩子的名字讓父母出錢。」
五代一說起來，其他四人便興致勃勃地把耳朵湊過來。
「最近七、八十歲的老先生老太太都存了很多錢。然後，就假裝他們家兒子打電話過去。理由隨便都可以。像是出車禍要和解馬上需要現金啦，弄丟了公司的錢什麼的。然後要他們轉帳到我們說的帳戶。當然要是人頭帳戶，才不會被查到。這樣不用揍任何人，也不用威脅任何人。既安全，又能拿到大錢，很簡單的詐騙。」

「聽起來的確很簡單。」

鄉田一臉佩服地說。

「只要把錢領走，人頭帳戶也不會被查到。」

「要是覺得用銀行太危險，直接去拿錢就好。只要說因為情況緊急，兒子走不開我代替他來，大部分都會相信。」

岸部又提出疑問：

「可是啊，真的會這麼順利嗎？也有些疑心病很重的老先生老太太吧？」

「這種詐騙就是數量取勝。不是只打一、兩通電話。打十通、二十通有一通中就不錯了。想想看，中一次就是幾百萬、幾千萬的進帳，單價很高。試一百件有一件成功就萬萬歲了。你們不覺得嗎？」

幾千萬這個金額讓四人話都說不出來。滿腦子肯定幻想著有了那麼多錢要怎麼花。

「當然不是現在馬上。要先決定好目標，搜集好情報，做好準備再說。我告訴你們，不會太久的。我覺得這種賺錢方式會是以後的主流。」

四人對五代投以尊敬的眼神。

感覺真不錯。

五人出了咖啡店，為達成本日業績，前往下一個獵場。說著、聽著遠大的計畫雖然令人心情振奮，但當然是先把掉在眼前的錢撿起來再說。

他們找了一家附設提款機的店鋪，在附近岔路等古尾去拉客過來。

就在四人的忍耐即將到達極限時，古尾拉著一個穿學生制服的男生來了。

一看他的臉，五代有些意外。古尾撿來的獵物竟然是同班同學鵠沼。

「原來是你們啊。」

鵠沼看來倒是不怎麼意外。

五代稍微瞪過去，古尾辯解般這麼說：

「我在他從ＡＴＭ出來的時候逮到他。他身上應該有錢。」

管他是同班同學還是總角之交，一旦入彀就照敲不誤，這是五代他們的規矩。要是因認識就放人，只會被看輕。恐懼才是統治的原理。五代他們為了君臨高中，必須讓每個人都覺得恐怖。不過鵠沼是認識的人，所以先打聲招呼，也算是道上的禮貌。

「只能怪你運氣不好了，班長。」
鵠沼即使被拉到五代面前，仍不露絲毫怯色。
「我們窮得靠夭，贊助一下。」
「我沒有錢贊助你們。」
「你不是才剛從ATM出來。」
「我領的是買參考書的錢。」
五代他們聞言爆笑。
「參、參考書！」
「笑死我了。」
「真是傑作！」
「我說呢，班長。在我們這種底層的高中就算拿到第一名，又沒有什麼好驕傲的，也一點用處都沒用。我還以為當班長的應該很清楚咧。」
「我不是為了考第一名才念書的。」
「不然是為了什麼？」
「因為不懂得最起碼的事，就永遠會在最底層。」

鵠沼坦然直言，也不管自己說出來的話會刺激五人的自卑感。

「雖然不知道念了書能怎麼樣，至少我不想成為一個看不起努力的人。」

「班長，難不成你是看不起我們？」

「我沒有看不起你們。只是不想跟認定自己在底層、接受這樣的處境的人混為一談而已。」

「……本來是想拿了錢就放你走的，看樣子是沒辦法了。」

五代的語氣變了，其他四人也聽出他的意思。

「讓你選吧。你是要先把錢拿出來呢，還是要先挨揍？」

「兩個都一樣吃虧。」

不知是膽子大，還是無可救藥的遲鈍，鵠沼沒有絲毫畏怯的神情。也許他深藏不露，是個幹架高手？

那就要先下手為強。

五代一使眼色，鄉田首先出手。膝蓋往鵠沼側腹一頂，先發制人。

只聽鵠沼唔地一聲呻吟，雙膝一屈。頭正好落在腰部的位置，能村的膝蓋就撞上去。

鵠沼非常乾脆地向後倒。

什麼嘛。果然是虛張聲勢啊。

接下來就呈沙包狀態。古尾和岸部繼續往倒在地上的鵠沼身上踢，也不管踢到的是肚子還是腿。鵠沼沒有做出像樣的抵抗，一味地發出動物般的哀嚎。

後來看鵠沼的動作變慢了，鄉田他們便停止攻擊。平常施慣暴力，也很清楚界限在哪裡。再打下去，就不是貼貼OK繃、擦擦外傷藥就算了。

古尾從鵠沼口袋裡抽出錢包。裡面有五千二百一十圓。拿走所有的現金，把空空如也的錢包甩在鵠沼臉上。

「五千啊。聽他長篇大論才這麼一點錢。」

「就是啊。還讓他說那麼多，真是虧大了。」

鵠沼癱在那裡動也不動。五代俯視他時，發現他的嘴唇在動。好像在說什麼。彎身把臉湊過去，聽見微弱的聲音。

「把錢……還來……」

沒見過被打得這麼慘還在意錢的人。

還滿有種的嘛。

五代一腳踩住他的臉代替誇獎。

「要錢就憑力氣搶回去。不然就乖乖閉嘴。」

五代等人扔下倒在地上的鵠沼，揚長而去。

偷拐搶騙來的四萬多現金扣掉上納金，當天就花光了。

2

在進入黃金週前，五代他們在車站前賣力狩獵。專挑去ＡＴＭ領錢以備連假使用的人下手，果然大豐收，頭一天光是上午便成功從五個人手中要到十五萬五千圓。

「平均一個人三萬多啊。換算成時薪真是不得了。」

根本沒打過工的古尾得意洋洋地說，一旁的岸部卻一臉開心不起來的樣子，令人擔心。

去他們常去的咖啡店休息時，五代問起：

「怎麼了，岸部。我看你臉色不好。」

「也沒什麼。」

岸部擠出笑容搖搖頭。否認的方式顯得很刻意。

「沒關係，說嘛。」

「也可能只是我的感覺。」

「大家就是相信你的感覺啊。說啦。」

「隔著馬路，在ATM對面不是有一家遊樂中心嗎？」

「哦，有啊。」

「剛才去拉第五個人的時候，有兩個男的從裡面一直看我們這邊。」

「條子？」

「不是條子。看起來不是白道的。」

其他三個也仔細聽岸部說話。岸部察覺危險的能力是天生的。雖然沒什麼道理，但每當岸部說他不安時，有相當高的機率會遇上警察。

「怎麼辦？」

能村把頭靠過來。

「這小子都這麼說了，大家也知道這不是開玩笑的。」

鄉田也對能村的話點頭。大家之所以猶豫，是因為知道現在正是最好賺的時候。

「我提議，」

能村把話接過去，

「今天就收工，明天再繼續吧？」

「今天是連假的前一天。從明天起，來ATM領錢的人就會少很多。去年大家還記得吧？第二天也奮力出擊，去了三個ATM，也才『接』到兩個客人。」

「話是沒錯啦。」

四人都在不安與期待之間搖擺。五代知道他們渴望他的決策。

五代猶豫之後，提出了一個折衷方案。

「這樣好了。不管有多少收穫，今天再一個就收工。」

四人彷彿都鬆了一口氣。

休息完，五代等人移動到市政府。緊臨市政府的ATM是個秘密決勝點。不顯眼，而且使用的人其實很多。

大多數的人會去的ATM都是固定的。會去市政府旁的ATM的，自然是在市政府上班的職員居多。而因為是公務員，領出來的金額也值得期待。

照例讓古尾站在ATM附近，五代等人在稍遠一點的地方待機。

「弄完這個就要收工了，一定要找一頭肥羊哦，拜託了。」

岸部說，簡直要下拜了。他迫切的模樣引起鄉田的興趣，便問他：

「你在急什麼啊？」

「連假期間我希望最少可以賺八萬。」

「八萬可不少欸。要幹麼？」

「夾娃娃。」

三人同時噴笑。

「什麼跟什麼，我怎麼都沒聽說。」

「我也是連假前臨時被通知的。說好像有了。還說看是要出夾娃娃的錢八萬，還是要一起養，叫我選。」

「……是佳奈嗎？」

「對啊。不然還有誰。」

「我說啊，岸部。那八萬，你應該去找B班的安田和D班的坂崎一起分。」

「什麼意思？」

鄉田竊笑著說：

「就是呢，你們三個是表兄弟啦。」

岸部僵住了，三人哄笑，而就是這時候。
「不好意思，你們談得正開心。」
五代聽到身後有個肉麻的聲音這麼說時，已經太遲了。
五個大男人圍住他們四個。不，是七個。另外兩個左右夾著古尾正把他帶過來。
「聽說最近有襲擊ATM客人的高中小鬼，說的就是你們吧？」
這七個人的樣子顯然就是道上的人。開頭發話的銀髮男看似首領。
「這樣我們很頭痛啊，才學生就這樣亂來。這一帶，是我們宏龍會的地盤。」
銀髮男的臉挨近到幾乎要碰到鼻尖。呼出來的氣有濃濃的蒜味。
「先把你們手上的錢統統給我吐出來。」
高中生再怎麼逞能，也敵不過正職的黑道。轉眼間五人的錢包就被拿走了。
「要再多也沒有了。這樣可以了吧，放了我們。」
「你說什麼傻話啊你。」
銀髮男一臉不可思議地說，
「你以為來擾亂正牌黑道的地盤，付了錢就能無罪開釋嗎？小鬼就是小鬼。」
話還沒說完，胯下就挨了銀髮男一腳。

五代忍不住躬身。

不妙。

敵方七人每走一步就發出鏘鄉鏘鄉的聲響。不難想像他們隨身攜帶著危險的凶器，不是刀子就是手指虎。

「告訴你，等你進了黑道，就知道讓小鬼來鬧地盤有多丟臉。要是不給你們一點顏色看，沒辦法向上面交代。」

銀髮男的話中的危險氣氛越來越濃。他們自己也慣於行使暴力，聽得出來。

這些人是玩真的。

是真的要修理五代他們。

「你們總不可能不知道我們吧。真有勇氣。不過，既然有鬧事的勇氣，當然也有受罰的勇氣囉。」

半死不活算好運，搞不好會更糟。

當下五代轉身背向同伴，把右手放在背後。食指向下。這是他們平常就說好的，一起逃的暗號。

這不是基於男子氣概，也不是犧牲精神。

是自己把他們帶到這裡來的。看來該負責的時候終於到了。

下一瞬間，五代撲向銀髮男。

「嗚哇！」

按住銀髮的頭，咬住他的耳朵。耳朵是人體最柔軟的部位之一，而且是要害。突然遇襲無法立刻抵抗。

「嘎啊啊啊啊啊！」

銀髮大叫，幾秒後五代感到血味在口中散開。神奇的是，連血都有股大蒜味。

「這傢伙！」

其他六人立刻要將五代與銀髮男分開。這時候怎能鬆手！

「放手，死小孩！」

「叫你把嘴巴張開！」

男子們拳腳毫不留情地襲向五代。

視野一角，隱約看到遠去的同伴的背影。然而，這視野也漸漸模糊。

五代終於被拉開。嘴裡還有血味，但沒有感覺到肉片類的東西，看樣子沒能將耳朵咬下來。

即使如此，似乎也對對方造成不小的損傷，銀髮男按住被咬的那邊的耳朵在地上打滾。

「一個小鬼膽子倒是挺大的嘛。」

「休想全鬚全尾的回去。」

明明就算乖乖聽話也沒打算讓人全鬚全尾回去。

五代很想回嘴，但肚子挨踢呼吸不順。這當中銀髮男緩緩站起來。

「……我會讓你後悔被生下來。」

銀髮男從口袋裡取出一個發亮的東西。

一把摺疊刀。

下一秒，五代的腹部中央感到劇痛。

看來是挨刀了。

他知道血以心跳的頻率流出體外。有種生命也隨著血一起流出去的感覺。

我會就這樣死去嗎？

真遺憾。

生而為人雖然不成器，但還是有一、兩件想做的事。

他們幾個，不知道順利逃走了沒？
幹，有夠痛的。
來到這世上，怎麼活一直受到強制。
至少怎麼死想自己選啊。
幹，真他媽的好痛。
但，劇痛也和意識一起漸漸遠去。
不久，黑暗籠罩了五代的意識。

隔著眼皮感覺到微微亮光。
眼睜一線，日光燈就在正上方。
朦朧的意識逐漸鮮明，五代環顧四周。
米色的牆和天花板，白色的窗簾和醫療器材。
繼視覺之後，嗅覺也恢復了。血和消毒水的味道。看來自己是躺在醫院的病床上。
「好像醒了。」
轉頭看聲音的來向，鵠沼就躺在隔壁病床上。

「你怎麼會在這裡？」

「哦，已經能說話了啊。好驚人的體力。」

鵠沼佩服地往這邊看。

「你等著，我這就去叫醫生。」

「在那之前先回答我，你為什麼會在這裡？」

鵠沼舉起左手代替回答。

他手臂上有針孔。

「輸血。幸好我們血型一樣。」

五代的頭腦依然混亂。

「我有事要去那邊，所以從市公所附近經過。看見你倒在那裡就叫了救護車。你真是好狗運，醫院就在附近。」

「慢著。」

五代瞪對方。雖然在這種狀況下還有多少狠勁，他實在沒把握，但他無法不瞪。

「你為什麼要幫我？你到底有什麼企圖？」

「你胡說什麼啊。」

鵠沼一臉不可思議。

「同班同學流了好多血倒在眼前，當然要救啊？」

「可是你以前被我們勒索過。」

「這跟那是兩回事。第一，這世上沒有理由對一個快死的人見死不救吧。」

「……你，白痴啊？」

「我想至少比你聰明。」

「我可不會感謝你。」

「誰會先考慮這些再行動啊。」

不一會兒醫生和護理師趕來了。

「已經恢復意識了嗎？好驚人的體力啊。」

「你要謝謝你朋友哦。他輸了很多血給你。」

五代在聽醫生說明自己的傷勢期間，鵠沼的視線一直朝向天花板，看也不看他一眼。

雖然護理師要五代道謝，但五代當然不肯。

他覺得鵠沼也不想要他道謝。

被輸了不少血好像是事實，鵠沼也被禁止馬上起床。

那之後，鵠沼就不再跟他說話了。

當牆上的鐘走過晚上十點，鵠沼終於起來了。

「我走了，你保重。」

只留下這句話就走出病房。

後來刑警來問話，但五代隨便應付過去。

當天晚上，他難以成眠。

五代出院第二天，在學校攔住鵠沼。

「二週就出院了啊。好得真快。」

「你來一下。」

「一個大病初癒的人找我什麼事？」

「少囉嗦，來就是了。」

他把鵠沼帶到無人的音樂教室。

「還你。」

五代把一個信封遞到鵠沼面前。

「這什麼？」

「跟你搶的錢。五千二百一十圓對吧。」

鵠沼確認了信封裡的內容，同意般點頭。

「嗯，五千二百一十圓整。」

然後理所當然地收進制服的內口袋。

「……沒有道歉費。」

「不用。只要能買參考書就好。」

「也沒有輸血的謝禮。」

「收你的錢我就變賣血了。」

淡定的應答，完全挫了五代的氣勢。

「哎，坐啊。你身體再怎麼好，也是大病初癒。」

「要你管。」

「你要是又倒在這裡，我又得輸血給你。那樣你也願意？」

理是歪理，卻有說服力。五代便依言就近在椅子上坐下。

「傷口癒合了嗎？」

「沒癒合能出院嗎。」

「說的也是。你帶我到這裡幹麼？」

「只是想還你錢。」

「為了這點事就把我帶到這裡，是因為在大家面前還很丟臉嗎？」

「你煩不煩啊。」

「你很講道義倒是新發現。而且五千二百一十圓整這個金額也令人佩服。」

「怎麼說？」

「要是再往上加，就是你想用錢解決你對我做過的事。我是不會接受的。」

「哼。果然還在記恨嘛。」

「打人的會忘記，挨打的可不會。」

「那就來啊。」

五代把學生服和襯衫撩到胸口。肚子上還留著深紅色的縫合。

「你用力踢這裡。醫生說，因為癒合還沒多久，傷口很容易裂開。這樣我們就兩不相欠了。」

「你白痴啊。」
鵠沼一副跟你談不下去的樣子搖頭。
「我剛才也說過，你再流血我就又得幫你。老實說，輸那麼多血，我頭暈了快一個小時。我才不想再來一次。」
「施了恩就想跑？」
「你在生氣？」
「被你救了一次，讓我實在很火大。」
「真奇怪。」
「有什麼好奇怪的？」
「你體內應該有不少我的血才對。那樣的話，火氣應該不會這麼大啊。啊，下一堂課要開始了。要趕快回教室。」
「慢著，我話還沒說完。」
「那就等下一節下課時間再說。要是那樣時間還不夠，就等放學後，再不夠就明天。時間多的是。只要活著，平安，就有很多時間。」
五代無言以對。

3

自輸血一事以來，五代就經常找鵠沼說話。只不過也不是什麼親近熱絡的談話，他的目的純粹是為了刺探對方真正的想法。

對五代而言，鵠沼是個不可思議的人。他根本沒什麼力氣卻膽大沉著。愛講道理卻也重情。至少是五代至今沒遇過的人種。

家庭成員和父母的職業這些聽其他同學說過。他家裡就只有父母和他三個人，沒有其他手足。鵠沼的父親是配管工，母親在成衣量販店工作。

就五代的觀察，鵠沼並沒有喜歡搶鋒頭的表現欲，班長也是同學推到他身上才當的。

五代想不通，便在教室直接問本人。

「你幹麼當班長？上大學或找工作的時候可以加分嗎？」

「只當班長應該沒有什麼幫助。」

鵠沼毫不避諱地直言。

「如果不是去國外當義工，或是以學生身分成立NPO法人這類大的，在面試時沒有優勢。」

「那你當班長不就只是打雜嗎？做心酸的。」

「因為大家要我當。再說，一定要有人當。」

「可是又不是非你不可啊？」

「也沒有規定我不能當。」

只因為別人要他當，就接下一點好處也沒有的工作。這行動本身就令五代難以理解。他認為爛好人頂多只能當到國中為止，往後所有的行動都應該建立在計算和謀劃上。

「我不懂你這個人。」

「哦。」

鵠沼意外地說，

「先不說成績，我一直以為你比我還懂人情世故。」

「懂人情世故又怎樣？」

「因為沒有像我這麼好懂的人了。連這都看不出來，那我看你也沒有多聰明。」

如果是在輸血前，五代一定已經抓住他的胸口了，但神奇的是，現在他一點都不覺得生氣。

「聰明就不會窩在這種學校了。」

之前在學校裡，五代沒有機會和鄉田他們以外的人說話，所以和鵠沼的對話很新鮮。不，新鮮多半是因為對方是個完全無法理解的人吧。

五代對鵠沼的興趣不減反增，連放學後也纏著他。

「我跟你回家的方向應該不一樣吧？」

「我又沒有要跟你走在一起。只是跟在你後面而已，別在意。」

「你纏著我想幹麼？」

「想看看有沒有機會揍你一頓。自從被你救了以後，我的狀況就一直不太順。」

「揍了我就會順？」

「……你就是這樣愛辯愛講理，讓人很不爽。你自己知道嗎？」

「道理是很重要的。」

鵠沼一派理所當然地說。

「要是感情用事，人類採取的行動都很不理智。我不喜歡那樣。」

「你救我不也是感情用事嗎？」

還以為他會立刻回答，但唯有這次出現了一拍的空白。

「那不像感情，比較像脊髓反射。倒是剛才，你說自己是窩在學校？」

「對啊，我說了。那又怎樣？」

「所謂的窩，是有遠大志向的人才會用的詞。你有什麼志向？」

五代詞窮。

志向？

那種事，父母沒問過，老師沒問過，連自己都沒問過。一時之間怎麼可能答得上來。

「難道你是以黑道為志向？」

他說得簡直像在問是不是立志當公務員。然而，鵠沼這個人似乎格外不懂得看狀況，說話的時候旁邊剛好有兩名結伴的主婦經過，五代尷尬得要命。

「那種不叫志向，是不知不覺就變成那樣的。」

「對喔，倒是沒聽說過有培養黑道的專門學校。」

「你是在開玩笑嗎？」

「我不太開玩笑的。」

本以為是說笑，但在鵠沼身上或許是真的。的確很難想像鵠沼說笑話的樣子。

「照現在這樣下去，你大概也會不知不覺就變成黑道吧。」

五代張嘴要反駁，但話卡在喉嚨出不來。

鵠沼絕對沒說錯。不止鵠沼，任誰來看，五代的將來都很明顯。才高中就已經為暴力集團的儲備成員工作，照這個狀況，畢業的同時就成為他們小弟的機率極高。

陡然間五代的腳步停了。

鵠沼的背影越來越遠。

鵠沼頭也不回。

五代右轉，走上回家的路。剛才緊跟在鵠沼身後的腳步突然感到萬分沉重。

五代家在石卷市舊北上川邊的街上。雖然比鵠沼家離海遠一點，仍是在河邊。

五代討厭自己的家。

他對所住的這片土地並不感到厭惡。從有記憶以來便看慣了有河的風景。時而平靜，時而激越，日日變化萬千的河面怎麼也看不膩。也很欣賞河流將絕大多數的廢物和土石沖刷掉的勁道。

他討厭的，就只是自己的家。

屋齡三十年的木造平房。因為是老住宅區，左鄰右舍也都差不多。

一開門，就看到一雙熟悉的男鞋亂脫在落塵區。看來今天父親也在家。

光這樣他就洩了氣，但要沿原路折回又令人光火。五代決定不管，進了門。直接從廚房旁走過，回裡面自己的房間。途中經過父親的寢室時，一股酒味撲鼻而來。這兩年他都沒進去，但連走廊上都聞得到，不難想像房間裡是什麼德性。

經過時，不由得加快腳步。

「良則，你回來了？」

寢室裡傳來一個粗野的聲音。

「回來不會跟你老爸說一聲嗎？」

他大概自以為教訓得有理，舌頭卻打了結。肯定是中午就喝到現在。

誰要理醉鬼。五代對父親的聲音聽而不聞，進了自己房間。當然，不會忘記從裡面上鎖。他的身高和體格已經超越父親。就算打起來也不認為自己會輸，但痛毆父親的臉也不是什麼愉快的事。多一事不如少一事。與衰神還是保持距離方為上策。

父親晴彥是在五代國三時開始酗酒的。他是個手藝不錯的泥水匠，但吃虧在脾氣暴躁，工作做不久。工作做不久收入也就不穩定。飽受晴彥暴力的母親受夠了，在外頭有了男人離家出走。從此，五代便與父親兩人生活。

即使做的事和混混沒兩樣，落了單之後也只是個十七歲的少年。關在自己房裡賴在床上，不安便冒出頭來。

『再這樣下去，你不知不覺也會變成黑道吧。』

鵠沼的話在腦中響起。他並不是沒考慮過成為黑道的可能性。一直幫學長們跑腿下去，那是當然的歸宿，但經驗值太低矇蔽了他的眼睛。

人生還很長，怎麼能十七歲就定終生！——若說他從未有這種心情，那是騙人的。但心情終歸只是心情。十七歲的心情在現實之前根本微不足道。

陡然間陷入一種視野變窄的錯覺。眼前只有一條路，遠遠說不上無限延伸的路。路的盡頭的人，一眼就認得出是黑道。

真是無聊到爆的人生啊。

在幾乎要把人壓垮的絕望中，五代眺望自己未來的模樣。覺得不肯面對現實的後果就要來臨了。

黑道的末路不可能幸福。不是在牢裡老死病死，就是在外面也沒人送終形同路倒，就這兩個二選一吧。既然走的路只有一條，死的選擇當然也就比較少。

模糊地想像著自己人生的終點時，牆的另一邊傳來父親的歌聲。

他喝醉了在唱歌。好像是父親二十多歲時流行的昭和時期搖滾樂。什麼「叛逆」「搖滾」的，這些詞聽起來特別刺耳。到現在都還記得歌詞，可見當時一定一遍又一遍反覆熱唱。

嚮往叛逆和搖滾的結果，就是老婆跑了天天喝悶酒嗎。實在太天才，五代連嘆氣都省了。

平常當作沒聽到的歌聲，今天卻無法忍受。五代從床上跳起來，走向父親的寢室。一開門就吼：

「吵死了！會吵到鄰居！」

「你說什麼！」

晴彥緩緩把臉轉向這邊。臉是紅的，眼睛充血。

「你對你爸那是什麼語氣！」

「大白天就泡在酒裡沒資格當人的，有什麼臉當父親。別鬧了。」

「混帳！」

晴彥搖搖晃晃地站起來，舉起拳頭。

因為醉得厲害，動作緩慢。五代躲過飛來的拳頭，往晴彥的脛骨一踢。失去支撐的晴彥重心不穩撲倒在地。

晴彥趴在地上，遲遲不起來。五代不願被反擊，往他肚子內側用力踩下去。

晴彥發出野獸般的呻吟，同時大量吐出胃裡的東西。本來充滿酒臭的房間，立刻被嘔吐物的氣味籠罩。

晴彥把胃裡的東西吐光之後，不斷乾嘔。那樣子實在太醜，看著讓人很不舒服。

五代一點痛快的感覺都沒有，回了自己房間。看他那德性，晚餐應該吃不下了。能省下一餐，他要感謝我才對。

再次仰望天花板。眼前出現的畫面，在在都是不堪的未來。

翌日放學路上五代依舊纏著鵠沼。被糾纏的人也沒有拒絕的樣子，五代就自顧自跟他說話。

「你的牢騷我已經聽膩了。」

「我才不管你膩不膩。是我自己在說話。不想聽就把耳朵塞起來。」

「耳朵塞起來過馬路太危險了。要是這樣出了車禍，會被笑死。」

「那你就假裝沒聽到。你那麼優秀，這點小事不至於不會吧？」

「你聲音太大，很難假裝沒聽到。」

鵠沼終於回頭。

「我本來以為隨便應兩聲，你話就會變少。聽你剛才講的，大部分都是抱怨那些類似混混的工作。你不是自己喜歡才去做那些事的嗎？」

「我只是不知道別的賺錢方法而已。」

「所以你不是想當黑道？」

「誰會自己喜歡一頭栽進爛泥裡啊。我只是認為我絕對不可能當認真老實的上班族而已。」

「原來你也知道黑道的世界是爛泥啊。」

鵠沼這句話裡聽不出惡意，所以五代聽了就算了，但如果是鵠沼以外的人說的，起碼已經挨他一記了。

「我不會說我一定要壽終正寢，可是黑道好像都不得好死。」

「那事情就簡單了。你現在就和那些不是善類的學長斷乾淨，朝你想當的自己去努力就好。」

「你升學就業輔導老師嗎你？」

「這件事你無論問誰，都會得到同樣的答案。別說升學就業，這是常識的問題。」所謂想當的自己，實在很難描繪具體的模樣。成績中下，又沒有體育、藝術專長，更沒有異性緣。手上沒有有效武器的人，目標也受限。

「像我是選擇很少，那你呢？你有什麼目標？你這麼會講大道理，一定有輝煌的人生規劃吧。」

「沒有特別決定。」

「嘿，也太沒計畫了吧？」

「我父親是配管工。」

「我知道。」

「拉新的管線，或是換掉老舊的管線。簡單地說，就是維護維生管線。雖然乏味又不起眼，卻是很崇高的工作。」

「配管是很崇高的工作喔？」

「我說的不是配管本身，是維護人的生活和生命的工作很崇高。從事能讓別人幸福的工作不是很棒嗎？」

「……你，該不會加入什麼不太妙的宗教團體吧？」

結果鵠沼露出苦笑，讓五代大吃一驚。這是他頭一次看見鵠沼笑。

「有什麼好驚訝的？」

「不是啦。原來你也會笑啊。」

「沒禮貌。只有人和一部分的猴子會笑。」

鵠沼的笑容有莫名的吸引力。因為難得一見，更具有稀少價值。

就這麼有一搭沒一搭的，鵠沼家到了。五代並不打算跟到人家家裡，正準備轉身的時候。

門開了，一個穿西裝的男子和鵠沼的母親走出來。

「真的受到您很多關照。」

「哪裡哪裡，能對您有所幫助，更是我們的榮幸。」

鵠沼的母親一副感激不盡的樣子，頻頻行禮。應該是工作上的來往吧，但錯身而過時，五代看了男子的長相心中一凜。

「哦，駿，你回來啦。」

母親一看到是兩人，便笑開了。

「哎呀，你朋友呀？」

「也不算朋友。」

「說什麼呢！不是朋友，怎麼會一起放學。同學叫什麼名字？」

突然被問到，五代也走不了了。

「呃，我是五代。」

「五代同學呀。有空就進來坐坐再走。阿姨請你喝茶。」

要說毫無心機還是強迫呢，鵠沼的母親抓住五代的手就往門裡拉。五代求救般看鵠沼，他搖頭表示死心吧。

一步步被帶到鵠沼房間，五代無奈，只好坐在他母親興匆匆拿來的坐墊上。坐墊本身坐起來舒不舒服是其次，心情實在說不上自在。

「抱歉，好像硬把你拉進來。」

鵠沼過意不去地道歉，但這也沒什麼好道歉的。

「看樣子，你跟你媽不像。」

「對。大家都說我比較像爸爸。我媽就是那種個性，只好請你忍耐一下。你跟我待在一起，也很悶吧。」

「我是無所謂。不過，有件事我有點擔心。剛才在門口遇到的那個西裝男。他是幹麼的？」

「金融公司的人啊。好像是『東北金融』吧，姓能島。」

聽了他的姓名，五代就確定了。果然是同一個人。

「那個『東北金融』的人，怎麼會跑來你家？」

「金融公司的人來訪原因只有一個，就是來勸你融資貸款啊。不過，反正這不是可以跟同學說的事。」

「你們有跟他們借錢？」

「像我們這種自營業，每一家或多或少都有借。現在不景氣，中小企業不得不挖東牆補西牆。」

「借了多少？」

「這我就不知道了。是說，我有義務跟你說嗎？」

「現在馬上回絕。」

「咦！」

「不要咦了。絕對不要簽約。要是已經簽了，就算去別的地方借也要馬上還清。」

「你突然說什麼啊。」

「那個能島是道上的人。」

一直很冷靜的鵠沼臉色變了。

「開玩笑的吧？」

「這種事能拿來開玩笑嗎！給我們工作的是一個叫金山組的暴力集團，他們當然不可能另起爐灶去幹正當的營生。這你應該明白吧？」

五代本身對於地方暴力集團金山組也不是全面了解。但從學長那裡聽來的片段情報，便足以讓他掌握大致的樣貌。

「那叫作傀儡公司。表面是正派的公司，經營者卻是跟組裡有關的人。這些表面的生意獲得的利益就直接成為組的資金來源。『東北金融』也是傀儡公司之一。我看過學長和能島見面。」

「這也沒什麼好驚訝的啊。『東北金融』表面上是正派的公司吧。如果是收高利貸或是會亂討債的金融公司，我爸再傻也不可能跟他們簽約。」

「『東北金融』本身是正派沒錯。陷阱就在這裡。你知道債權轉讓嗎？」

鵠沼搖頭，五代便繼續說明：

「就是不改變債權內容，直接轉讓給其他金融公司。這是一種債權回收的方式，在大銀行和非銀行金融機構都很普遍。」

「既然內容不變，不就是只換債權人的名字而已嗎？」

「要是轉讓給地下錢莊之類的地方，就沒有那種好事了。他們會以合約到期為由，把合約改得很誇張。改得再黑心，貸款的一方也無力反抗。可能一轉眼土地房子就被搶走了。」

「我們也被當成那種對象嗎？」

「能島都來了。絕對沒錯。」

鵠沼沉思片刻後抬起頭來。

「再三十分鐘我爸應該就會回來了。你能不能把你現在說的這些，說給我爸媽聽？」

「你說就好了啊。」

「由了解內幕的人來說明才有說服力。」

這次換五代沉思了。

與學長互通聲氣的自己直接把內幕抖出來，要是被知道了，當然不會沒事。

但看著眼前神色凝重的鵠沼，又無法拒絕。

自己明明不是對別人言聽計從的人才對啊。五代不明白自己這個人，正呆呆沉思時，鵠沼的父親回來了。

五代不得不依約當著鵠沼父母面前，說明「東北金融」債權轉讓後回收的陷阱。鵠沼父母一開始還半信半疑，但一知道五代雖屬末端仍與金山組有關的事實，便臉色大變。

「喂，還沒有正式簽約吧？」

「今天只說明就回去了。因為要由老公你來簽約呀。」

「打電話就好。隨便找個理由，就說往來銀行願意融資什麼的，現在馬上回絕。」

才說完，鵠沼的父親便拿起市話機的聽筒，打電話找「東北金融」的人。

說了不簽約一事，對方出乎意外地爽快答應，並沒有爭執。也許就「東北金融」而言，只是好幾個對象裡的其中一個不成而已，所以並不怎麼執著。再怎麼說，畢竟他們表面上是正當的金融公司。

「五代同學，沒錯吧？幸虧你告訴我們。」

和對方談完，鵠沼的父親不忘向五代道謝。

「但是，這話，不該向一個今天才見到的別人家的兒子說，但我還是要說：你最好跟那些人趁早斷乾淨。」

「我沒有頂嘴的意思，但就像您說的，我是別人家的兒子，是外人。」

「都一樣。」

鵠沼的父親立時回答。那質樸的說話方式令人想起鵠沼。原來如此，看來鵠沼像父親果然是真的。

「提醒一個就要走錯路的孩子是大人的義務。說不聽就用打的。」

懾於他的視線，五代一時不敢動彈。

心想，同樣是父親，還差真多。

兩天後，鵠沼看到五代的樣子瞠目結舌。

「你到底怎麼了？出車禍了嗎？」

也難怪他吃驚。這天早上五代在鏡子裡看到自己的臉，眼皮也好，臉頰也好，一張臉腫一片，一半纏著繃帶，看起來簡直換了一個人。脖子以下被衣服遮住的部位也有大大小小的傷痕。治療的醫生叫他要躺三天。但五代硬是咬牙上學，就是要硬撐給打傷自己的人看。

那天，五代從鵠沼家回家的路上遭到突擊。被四個男人逮住，拉到暗處。

『就是你嗎？去多嘴的。』

其中一個不出所料，就是能島。

『錯身的時候，就覺得在哪裡見過，原來是茂仔學校的學弟。你很愛管閒事嘛。那應該有心理準備吧。』

能島拋開對鵠沼的母親那時滿臉的營業笑容，露出原本凶惡的面目。接下來幾個男人的暴行持續了一個多小時。五代能留下一條小命，是因為他還是高中生，他們不想把事情鬧大。要不是他還在學，恐怕不會這樣就放過他。

看五代體無完膚，鵠沼大概也猜出是什麼情況，也不追問。

反而是問了這句話：

「你不會不甘心嗎？」

「四對一，寡不敵眾。當然會被海扁。」

「重點不是輸贏。」

鵠沼把臉靠過來。

「就算對方是黑道流氓，你不覺得太不合理了嗎？你明明只是提醒我們，免得我們家被吃乾抹淨而已。」

「煩欸白痴。耳朵這邊也會痛啦，講話不要太大聲。」

鵠沼仍是一臉嚴肅，五代便不再閃躲。

「我再問你一次。你不會不甘心嗎？」

「……只挨打還不了手，當然不甘心。」

於是，鵠沼突然壓低聲音：

「你不想反擊嗎？」

「我嗎？我一個人怎麼反擊？」

「你說過，你不是想當黑道，但也絕對沒辦法當認真老實的上班族對吧。」

「那又怎麼樣？」

「要不要試試介於這兩個之間的工作？」

「我完全不懂你在說什麼？」

「就是去揩流氓的油。」

這次五代真的傻眼了。心想這人開口說的是什麼。

「搶黑道的錢。這既不是認真老實的上班族做得到的事，卻也不是當黑道。又可以整他們一個措手不及。」

「喂，你冷靜點。」

「我是冷靜在跟你提議。你好像太小看自己了，但你既有膽量，又有領導能力。我爸媽一眼就相信你，所以給人的第一印象也不是蓋的。」

「慢著。你說的，該不會是搞一些像詐騙之類的吧？」

「不是像，就是。」

「說得跟真的一樣。像我這種笨蛋怎麼騙得了人。」

「誰要你一個人去騙了。我當然也一起。」

「模範生幹得了詐騙喔？」

「模範生才幹得了。你知道嗎？詐騙是智慧型犯罪，警察那邊也是由腦筋靈光的警官偵辦的。」

五代望進鵠沼的眼睛。這個本來便與玩笑無緣的人，現在也是以無比正經的眼神定定注視他。

看來五代也只好下定決心了。

「哼。你就先說說看吧。」

4

將小弟茂仔的小弟打得半死的幾個月後，能島店長在「東北金融」迎來了稀客。那個叫五代的高中生竟跑來事務所說想實習。

五代恭敬賠罪，說上次的事是因為事關同學迫於無奈。不僅如此，他深自反省，想改頭換面，說渴望在「東北金融」學習業務內容。看他態度如此恭謹，能島也只能接受他的賠罪。他本就聽說五代有統籌部下的能力，也才十七歲。現在開始訓練，將來也有潛力成為金山組的儲備幹部。

能島認為上次是徹底教他對上位者的禮儀。那是黑道比一般社會更看重的鐵則，教得再狠都不算過火。再加上五代雖有那個年紀常有的張狂，卻也有可愛的地方，能島個人並不討厭這種類型的年輕人。認為讓他在畢業的同時進「東北金融」也很有意思。

在這個情形下讓五代來「東北金融」實習的第二天，有業者來拜訪能島。是一家從事電腦軟體程式的公司「HAL系統」，來的人姓添田。他事先有預約，也沒有理由不見。添田於約定的傍晚六點準時出現。

添田給人的第一印象不好也不壞，就是個欠缺溝通能力的工程師。遞出來的名片是上下相反的，連行禮也很生硬。八成本來是技術專員被拉來當業務。沒有寒暄就直接談正事，證明他不熟悉跑業務。

「這次來拜訪，是為了上次在電話中談到的，千禧年問題的解決方案。」

電腦的西元二〇〇〇年問題，從去年起便驟然間備受矚目。

當前大多數企業所使用的電腦軟體，都是以兩位數的文字來顯示年份，西曆僅取四位數當中的後二位來紀錄、處理。然而依照這個方式，二〇〇〇年在電腦內部會變成〇〇年，被誤認為一九〇〇年。

於是社會大眾與企業內部的電腦便會發生以下問題：

。發電、輸電功能停止與誤判造成的停電

。醫療器材停止運作

。上下水道停止供水

。鐵路、航空管制系統等交通機能停止

。軍事基地的導彈等誤射

其中對企業最為重要的是以下兩項：

。銀行、股市等金融相關系統停止

。通信機能停止

目前像「東北金融」這類中小金融公司也是以電腦來管理客戶。但系統並非自行開發的，而是低價購入同業所使用的債權管理軟體，所以在安全方面一直隱含危機。

「千禧年問題簡單地說，其實是系統工程師的功課。」

根據添田的說明，早期的電腦所使用的磁帶不僅記憶容量極少，價格又高，因此工程師被要求在寫程式時盡可能節省記憶空間。也就是說，西元年份縮減為後兩位以節省空間是極為理所當然的做法。這類程式大多開發於一九六〇年代至一九八〇年代，開發的當事人一直是以「在二〇〇〇年之前，應該會有所改良，或者會更新為新系統」為前提，所以對於千禧年問題一直沒有採取充分的對策。

「所以這項功課一直到今天都沒有解決？」

「是的。但沒做功課的後果卻由企業而非系統工程師來承擔。所以現在全世界都在修正一九九〇年代之前開發的電腦程式，大家都戰戰兢兢，深怕這項修正作業會需要龐大的費用和時間。」

上級也曾對能島表明過同樣的擔憂。最近大學畢業的黑道也越來越多，但擅長數字的人還是屬於少數。「東北金融」也不例外，假使電腦系統失效，實在沒有把握能以紙本帳簿來進行客戶管理。這也是當添田碰巧打電話來推銷時，能島會一口答應見面的原因。

現在明白千禧年問題的要點了。重點是，能把費用壓到多低。

「我先想請問一下，更新成新程式需要多少費用？」

但願在一百萬以內，要是超過就必須先徵求上級的許可。

然而添田的回答令人驚訝。

「包括車馬費在內，一萬五千圓。」

一時之間，能島以為他聽錯了。

「是不是少了兩個零？」

「不，只要一萬五千圓，我就能解決程式的千禧年問題。」

「時間呢？」

「現在馬上就可以。」

雖覺得事情未免太順利，但這樣的價錢形同免費。也許沒什麼效果，但有效果不就賺到了？

「那麼，請您立刻開始。」

「好的。」

「那個，主機在另一個地方。」

「只要終端操作就可以了。」

添田從公事包裡取出他事先帶來的 CD-ROM。

「接下來是企業機密，無法讓您看螢幕，請別見怪。」

添田將電腦背向他們開始展開作業。事務所裡，五代和其他員工都一臉好奇地看著添田的一舉一動。但說是作業，也只是插進 CD-ROM 不斷敲鍵盤而已。

過了三十分鐘左右，添田抬起頭來。

「好了。」

「咦！」

能島不禁驚呼。

「這麼快？我們一直在旁看，可是您看起來不像做了什麼事啊？」

「只是更新成最新的軟體而已，屬於一般業務範疇。只要將所使用的作業系統升級應該就沒有問題了。」

「可是，沒想到竟然這麼簡單。」

能島回到自己的座位，半信半疑地打開桌上的電腦。隨機找一筆債權確認還款狀況，上面顯示的西曆已經從兩位數變成四位數了。

「……真厲害。」

「我們系統工程師，主要不是在出問題的時候解決問題，而是預先採取萬全之策讓問題不要發生。這點小事不算什麼。」

添田邊說邊將 CD-ROM 收進公事包。

「再向您確認一下，真的只要一萬五千圓嗎？」

「您也看到了，我並沒做太多事。」

能島要女職員把裝了現金的信封拿來，親手交給添田。

「謝謝惠顧。」

「哪裡。下次再遇到問題的時候，再請您幫忙。」

「那就麻煩了。」

沒寒暄幾句添田就走了。工程師出身的業務連打招呼都不及格，但不得不承認人家就是有知識有技術。

才一萬五就解決了千禧年問題，一向上頭稟報，一定備受賞識。

能島不禁哼起歌來。

第二天，發生了異狀。

能島正準備要去跑客戶時，一個女職員一臉狐疑地跑來問：

「店長，請問今天有預定要放款嗎？」

由於「東北金融」的業務主要是對中小企業融資，操作上全都是利用企業銀行服務（firm banking，銀行或信用合作社向企業提供的服務系統，雙方透過專用線路或專用終端機、軟體直接進行交易的數位金融服務）進行。新增放款或增資也都可以透過事務所的終端機處理，但規定每一次操作都必須經過能島許可才能執行。換句話說，不可能有能島不知道的放款。

「沒有啊，今天一件放款也沒有。」

「那就奇怪了。銀行開始營業後，有不少金額移為放款金。」

「妳說什麼？」

能島匆匆跑到她身旁看螢幕。上面顯示的是公司名下帳戶的出納紀錄。

昨天關帳時還有結餘七千二百萬圓左右。到這時候已減為三千萬左右。仔細一看，系統正以一千萬圓為單位陸續將錢匯入其他帳戶。而且那些帳戶都是能島沒看過沒聽過的。

「搞什麼？到底發生了什麼事？匯款應該只有這台電腦能操作啊！」

「或者是從銀行窗口。可是，銀行窗口匯款的匯款手續要有我們的銀行章才能辦。」

女職員走到保險箱，從中取出印鑑盒。

「銀行章好好的在這裡。」

談話間，結餘又少了一千萬。

「怎麼回事？」

「不、不知道。」

「查啊！就是請妳來做事的！」

女職員以快哭出來的表情操作電腦，但這當中又少了一千萬。結餘只剩下一千多萬了。

「不知道，店長。錢是透過企業銀行服務出去的。可是，我們什麼操作都沒有做。」

「怎麼可能！」

不可能的事就在眼前發生。明明沒碰鍵盤，結餘金額就變了。

支出一千萬圓。

結餘二十五萬八千五百二十四圓。

能島驟然脫力，靠在辦公桌上。

總計匯入了七個帳戶，但每一個戶名他都沒印象。也就是錢未經同意就轉給了素不相識的人。而且活生生就在能島等人眼前，透過企業銀行系統發生了。

這實在是太不真實了，能島一直盯著螢幕看。但，結餘並沒有復原。

＊

「能島被上面叫去了。」

五代到了鵠沼房間開口第一句就這樣宣告。

「是董事什麼的打電話來的。他邊講臉就越來越青，講完就衝出去了，看那樣子不可能沒事。」

「你不用實習了？」

「整個事務所亂成一團，沒人有空理一個高中生。倒是你那邊，『東北金融』轉出去的錢都弄好了嗎？」

收錢的帳戶全都是五代他們和添田，也就是恭哥弄出來的空頭帳戶。當然是專為這次開的，用完就馬上結清。

「還好銀行都集中在車站前。一共七個帳戶，雖然多少花了些時間，不過全都轉到別的帳戶去了。」

鵠沼拿出匯款收據。收款的都是育幼院。

「不過，真沒想到能那麼簡單就搶到錢。眼看著餘額越來越少，能島他們一定都傻了吧。」

「那本來就是從『東北金融』的軟體拷貝出來的。只要知道帳號和密碼，一根手指就能搞定。」

更新程式那時所使用的CD-ROM並不是用來升級的，而是用來拷貝作業系統。只要能連上大型主機，用家用電腦操作便能進入「東北金融」的企業銀行服務。

「聽你這樣說明我大概懂，可是還是完全無法了解原理。」

「我也不是全部都了解。所以才要請恭哥。再說，策劃人不必懂得每一個細節。策劃人必須做的是周全的準備和尋找適當的人才。」

想到利用企業銀行服務和空頭帳戶來盜領的是鵠沼，但身邊沒有熟悉作業系統的人。雖然也考慮過拜託高中校友，但大學生或上班族不可能願意幫忙高中生策劃的詐騙。

但鵠沼有勝算。因為他從最新的報導得知，即使貴為系統工程師，也有不少人因為不景氣而流落街頭。

當然，合適的人材沒有那麼容易找。於是鵠沼和五代不僅在石巻市找，甚至遠至仙台。走訪無家者群聚的地點，一個個去找有系統工程師背景的人。

這樣花了七天找到的，便是人稱恭哥的這個人。有金融系統開發的經驗，果然也是因不景氣遭到解僱。

像我這種程度的系統工程師多的是。

恭哥這樣自嘲，但對鵠沼他們的計畫來說，他是絕佳人選。當初因對方是高中生而一臉懷疑的恭哥，一聽到鵠沼的計畫概要與報酬金額，眼神就變了。報酬二百萬圓，工作內容對系統工程師而言根本小菜一碟。

有了恭哥的加入，剩下的就簡單了。自製「HAL 系統」的名片，把恭哥打扮成業務員。添田當然是假名。幾乎每一家金融公司都為千禧年問題憂心，所以他們有把握只要利用這一點，能島一定會上勾。果不其然，能島吃了餌，約好見面。五代以實習的名目進入事務所，也是為了親眼監督恭哥的工作。

「恭哥呢？」

「完全按照計畫。收了二百萬的酬勞，立刻就趕往仙台機場。」

「逃到國外啊。」

「是國外，還是國內。就不知道了。」

「說到這，到最後還是一直沒問恭哥的本名喔。」

「我們沒有知道的必要。」

五代在床上躺成一個大字型。

「好不容易搶到七千二百萬，其中二百萬是給恭哥的報酬，其他的全部捐出去。我們兩個主謀一毛錢都沒有啊。」

「我們的目的本來就是掏空他們，不是賺錢。」

「你真大方。」

「俗話說，不義之財不久留。」

明明成功騙到巨款，鵠沼卻冷靜一如往常。

「錢又沒有分黑的白的。」

五代挑釁地說。事情本來就是鵠沼提議的。

「什麼意思？」

「沒什麼意思，就字面上的意思。就算是從黑道那裡搶來的錢，只要用在有意義的地方就行了。像現在獲贈一千萬的育幼院，就對我們千恩萬謝。」

五代慢慢爬起來，拿食指指鵠沼。

「不想混黑道，又不可能當認真老實的上班族。要不要試試這兩個中間的工作？是你這樣教唆我的。」

「那又怎麼樣？」

「這次的事，讓我明白我們有詐騙的才能。我想發揮這才能。當然也要拉你下水。」

結果鵠沼難得露出為難的神情。

「和你聯手一定很好玩。不過我拒絕。」

「為什麼？」

「就算不會變成黑道，也就不能再是堂堂正正的人了。那會違反我的信條。」

「你很不合群欸。」

「你自己一個人也可以的。」

「那當然。」

五代撂下這句話，也沒招呼一聲就走了。

第二天，五代還是不死心地找鵠沼說話。但對詐騙一事絕口不提。明明也沒有事先說好，鵠沼卻好像有同樣的想法。

能島突然不見了。他究竟是失蹤還是被殺不得而知。這麼一來，五代與「東北金融」之間的關係也就自然消滅了。

五代也繼續與鄉田等人來往。但一言明不再從事以前那種類黑道的校外活動，他們就漸漸遠離。五代無意追問。因為改變的恐怕是五代自己。

與鵠沼說的話大多是一些無關緊要的閒話。彼此的興趣、喜歡的女生的類型、平常的不滿，其他一些有的沒的沒營養的事。五代與鵠沼的組合似乎相當令人意外，班上同學雖然好奇，但五代不予理會。

不久兩人升上三年級，各自來到人生的十字路口。

五代決定上補習班朝會計師努力。當然不是為了當正派會計師，而是為了取得詐騙必須的知識和資格。

另一方面，鵠沼則不出所料，準備上大學。據他本人的說法，目的是要找一個能充分發揮自己才能的地方。五代抬槓說他慢吞吞，得到的又是一句老成的「現在不急」。

二〇〇一年三月，兩人自高中畢業。

5

在穿孔機前停下動作，監所管理員的叱責立刻從作業場一角朝五代射來。

「偷什麼懶！」

「對不起！」

對監所管理員的回答已經形同脊髓反射。對命令的回應、道謝、道歉。不考慮事情的是非對錯，自然而然脫口而出。

宮城監獄的作業場中，以製袋部門的從業人數最多。其中一個受刑人挨罵這點小事誰也不會留意。五代重啟中斷的作業，化身為穿孔機的「附屬品」。只不過手雖然在動，滿腦子卻是出獄後的新計畫。

好啊，我就幾近無酬地提供勞力給你們。所謂的徒刑，就是這種合約。但我的腦子法律和判決都休想越雷池一步。我要任意使用。

頭一次詐騙後十年，五代在宮城監獄服刑。他並非初犯。二十三歲時，他利用會計師頭銜策劃投資詐騙。提出成立IT顧問公司，以三年後資本加倍一案的資本金名目向客戶騙取現金三千萬圓。此事輕易敗露，被判了有罪緩刑。

第二次則是三年前。會計師資格被撤消後，五代策劃的仍是投資型詐騙。把地方市議員拉進來成立公會，推出標榜一年有百分之六到七的高配息的商品，募集了約十四億圓的資金。典型的空頭投資詐騙，不到一年經營就出問題，那位市議員和五代都因詐欺罪被捕。

這次被判了五年徒刑。都兩度遭到有罪判決了，這下應該學乖了吧——只有不懂得犯罪心理的外行人才會這樣想。失手兩次，第三次一定要成功，這才是正確的詐騙之道。

「五代先生。」

在旁邊默默工作的利根勝久小聲叫他。利根仍面向著作業台只嘴巴微動，監所管理員便很難發現。受刑人間交談時大多都遵守這項不成文的規定。

「那個監所管理員，一直盯著你。請你多小心。」

「喔，謝謝你的忠告。」

利根一副想嘆氣般輕輕搖頭。別人的事明明用不著去管，但利根卻每次都會插手。

他的舉止一點都不像壞人，所以五代也忍不住會照看他。

大體而言，會進監獄的人都很怕麻煩。精神上和經濟上受到壓迫時，捨老實但麻煩的路而選擇了方便的捷徑的人便容易走向犯罪。不，與其說走，應該說陷進去更為貼切。沒有人生來就是壞人。只是一次次選擇的結果歸結到現在而已。下坡自然比上坡輕鬆，而一旦開始向下，加速後便是頭下腳上地栽進無邊地獄。

然而利根這個人就是老實得不能再老實，而且非常重情。無論什麼事都不怕麻煩，無論對誰都誠懇真摯。這樣一個人怎麼會入獄，五代覺得奇怪，一問之下原來他去福祉保健事務所縱火，所以說世界真是無奇不有。無論如何，利根都是出去以後工作上不可或缺的人才。說來似乎矛盾，但五代相信老實認真和不怕麻煩的個性，是詐騙分子的最佳資質。

十二點一到，受刑人便到工廠裡的餐廳吃午餐。五代裝作不經意地坐在利根旁邊。

「那件事，你考慮過了嗎？」

利根也面不改色地回答：

「現在談出去以後的事，會不會太早了？」

「無論什麼事，太早總好過太晚。」

「我當不了詐騙分子的。」

「沒有人生下來就是詐騙分子。是要成長為詐騙分子。」

「我出去以後有非做不可的事。」

利根不肯詳細說，但顯然意志堅定。五代深知遇到這種場合，積極拉攏會造成反效果，便很乾脆地收篷了。

休息後十二點三十分又開始作業，直到下午四點三十分。結束作業點完名，驗完身便回房。下午五點到五點十五分晚餐。晚上九點熄燈就寢。每天的生活千篇一律。監獄就是這樣一個地方。

然而這一天，二〇一一年三月十一日卻成為不同於以往的一天。

將近下午三點時，發生了異狀。

五代他們正在工作，身體卻毫無預兆地受到衝擊。

那股從腳底突然向上撞的衝擊讓人失去平衡。五代當下本能察覺站著會很危險，便鑽進作業台底下。

是地震嗎？

下一秒鐘，橫向晃動來了。

即使蹲低身子仍晃得讓人差點跌倒，架上的工具猛然朝水平方向四射。從天花板上垂掛下來的燈晃得簡直快被扯斷。

東西掉落的聲響讓四周一陣騷動。但所有受刑人竟然只叫了幾聲就安靜下來，應該是事情發生得太過突然，讓他們的嘴唇麻痺了吧。

十秒。

二十秒。

三十秒。

強烈的搖晃仍持續著。這種搖晃方式終於讓人明白這不是一般的地震。搖晃一直沒有平息的跡象，晃動全世界。

玻璃窗在震動中扭曲，發出刺耳的聲響向內側碎裂四散。往附近的受刑人的頭上掉。

「躲到台底下！」

「離開窗戶！」

這時候幾個監所管理員才下指示，但作業所裡幾乎所有人都已經低著頭靜待風暴過去。

六十秒。

理應堅固的架子受不了長時間的震動，從根部發出聲響倒塌。工具與製袋材料散亂成一片，讓人沒有立足之處。

「五代先生！」

旁邊的利根關心地往這邊看。

連這時候都還在擔心別人啊。

五代點點頭表示自己沒事。但他知道自己的臉在抽搐。

八十秒。

世界仍繼續崩壞。十秒感覺像三十秒那麼長。

果然不是一般的地震。

忽然間作業所停電了。燈光全消，運作中的電動機具靜下來。

五代起了一身雞皮疙瘩。

入獄之後雖經歷過幾次小規模的地震，但大多幾秒就停了，也沒停過電。

然而，這次不同。簡直就像不明所以的天崩地裂。

作業所的燈一熄，就感覺得出外面的昏暗。今天上午本是晴天，但很快就被雪雲覆蓋。昏暗中，不像人世的搖晃仍在繼續。

一百秒。

作業所各處仍不斷響起東西掉落和破裂的聲響。從腳底下傳來的地鳴也沒有停過。無論是受刑人還是監所管理員，沒有任何人出聲。唯有震動與破碎聲持續作響。

遠遠傳來建築物倒塌的聲響。是民宅？還是商店？雖不知牆外街頭是何光景，但這樣劇烈的搖晃持續了上百秒，老舊的木造住宅一定撐不住。

一百二十秒。

「咿咿！」

「神明啊！佛祖啊！」

至今一直保持沉默的人當中，冒出了哀號與祈求。殺人、害人、唾棄人間的罪犯求神佛保佑的模樣有種說不上來的滑稽，卻又駭人。

原本在架上的東西全都被震下來，散亂在地上的工具因震動而喀嗒喀嗒抖動。大半的窗玻璃都破了，寒風應該颳進了室內，但五代的皮膚大概是麻痺了，完全感覺不到冷。

一百四十秒。

牆外仍不斷傳來倒塌聲。因為玻璃窗破了，連屋瓦掉落的聲音都能聽得清清楚楚。

五代的想像力絕對算不上豐富，但還是想像得到倒塌的建築物裡的居民正遭遇著什麼樣的情形。不是被壓死，就是被悶死。反正絕對不可能平安無事。

搖晃的幅度終於變小，震動停了。伏低身子的人們戰戰兢兢地從作業台底下爬出來。每張臉都因周遭巨變而失聲。

地上散亂著碎玻璃與工具，連站的地方都沒有。因為沒有立足之地，加上驚魂未定，人人都無法直著身子走路。

「停止作業。所有人都回房。」

或許是有緊急狀況指導原則，作業部長毫不猶豫地下了指令。作業所的所有人整隊後走向各自的牢房。

一路上感嘆的是，那麼強烈的衝擊持續了那麼長的時間，監獄內的牆壁和天花板卻連一絲龜裂都沒有。後來聽一位監所管理員說，為防止囚犯因建築物倒塌逃走而造成社會不安，監獄的建築特別堅固。

中止作業並不代表自由時間增加。受刑人們只是在各自的牢房裡等晚餐而已。

然而，就連堅固至極的監獄都是這個慘況。震度是六，還是七？那種搖法持續了將近三分鐘，監獄四周的災情如何？不止監獄所在的若林區，還有仙台市，不，宮城縣現在怎麼樣了？

因監獄內禁止擅自發言，大家都默不作聲，但大多數受刑人在牆外都有家人，不可能不擔心。五代在石卷也有家人和朋友。

一旦自身安全了，便為他們的安危憂心不已。

在回房途中，幾名受刑人向監所管理員提問。

「長官，剛才的地震很不尋常。請問市內現在是什麼情況？」

「我家離港口很近。能不能告訴我海嘯的狀況？」

每當有人發問，監所管理員就要大家安靜，但從他的話聽得出不安。監所管理員同樣也擔心家人的安危。

雖然已經復電，但這些電是來自監獄的緊急發電系統。不知實際上仙台市內與其周邊的電力供給情況如何。

點名後回房。距離五點的晚餐還有兩個小時左右。平常五代可以對出獄後如何作姦犯科沉思默想上好幾個鐘頭，但現在實在沒辦法。

腦海中浮現親人朋友的臉。最早、而且出現時間最久的不是父親，而是那個朋友。

他工作後應該也繼續住在石卷。那條河岸邊的街道現在怎麼樣了呢？

緊急發電也有限度，無法為所有電器設備供電。耗電量大的空調似乎一直是停止的，一早便開始的寒意更重了。平常牢房裡也沒有冷暖氣設備，但別的空間會流洩出一絲舒適的空氣。但現在沒有了。五代縮著身子抵擋沉沉的寒意和襲來的不安。

下午五點，五代他們應信號出房。走廊上依舊惶惶不安，兩小時後狀況非但沒有平靜下來，反而更加混亂。

一進入餐廳，五代便被異樣的氣氛吞沒。先到的受刑人沒有就座，而是呆站著，視線集中在同一個地方。

他們看的是餐廳一角的電視畫面。

『今天，發生於東北地方的地震……』

地震災情不限於宮城縣，而是波及整個東北地方。震度六，有些地方甚至達到七。

『下午兩點四十六分十八秒，震源位於宮城縣牡鹿半島東南方一百三十公里的海上，北緯三十八度零六點二分，東經一百四十二度五十一點六分，深度二十四公里，芮氏規模九點零。』

接著陸續報導各地的災情。由於地震發生才兩個小時，發表的死傷人數與失蹤人數都只是初期的數字。可是就已經這麼多了。

主播沉鬱的聲音後方出現的風景似曾相識。是石卷市，從位於高台的神社俯瞰舊北上川的風景。國中時，五代自己不知俯瞰過多少次。

畫面旁許多鳥兒飛來飛去。看來也像是倉皇不知該往何處逃。

『第三號海嘯警報。現正發出大海嘯警報。沿海民眾請立刻往高處避難。』

『三點四十三分，舊北上川河口出現逆流。』

說話的是在現場轉播的外派記者嗎？熟悉的河岸街道落下了大片的雪，在失去燈光的街頭中顯得加倍灰暗。

一艘船正要出海，卻被逆浪推回來，無法前進。

倒流的水轉眼間越來越多。最先被推回來的是漁船，接著是車輛、自動販賣機、傾倒的樹木，瓦礫。

很快地，房屋也流過來了。從這裡開始海浪突然加速。

擠壓爆破聲中，電線杆斷了，電線發出刺耳的尖聲被扯斷。被沖走的建築物隨著水量等比例增加。本來在畫面下方寫著『MARUHA NICHIRO食品』的屋頂一下子就看不見了。

「啊啊啊啊啊啊。」

緊盯著畫面的一個受刑人口中發出無力的叫聲。他也是石卷人嗎？

當人類遭遇感情無法處理的事時，是不是只能發出動物般的聲音？五代下意識地伸手捂住嘴。也許自己也發出了類似的聲音。

海嘯一步步吞沒街頭。不止沖走民房，對警察局和政府機關的建築也毫不留情。

畫面深處開始響起一聲聲爆炸聲。或許是電力系統起火，只見建築物內部燒起來。而且連燃燒的建築物都被沖往上游，火勢也波及其他建築。

那是熟悉的區公所的建築。五代的家應該就在那條路上，但海嘯已經上升到區公所的二樓了。這就代表五代家已完全在水面下。

忽然間聽到喀嗒喀嗒聲響。還以為又地震了，結果卻是自己上下排牙齒在打顫。一回神，連膝蓋也在抖。五代再也站不住，就地坐下。

『石卷市南濱區呈現毀滅狀態。』

「啊啊啊啊啊。」

「什麼爛防波堤！媽的，根本什麼都擋不住！」

「完了，沒救了。」

受刑人紛紛呻吟，但監所管理員已不再加以制止。他們也和囚犯一樣，茫然地看著整個市街被沖走。

石卷市被席捲而來的瓦礫堆覆蓋。

一點都不真實。

五代從沒想過自己生長的街頭竟會如此輕易遭到破壞。這一定是一個惡質的玩笑。自己的家就在那陣逆流當中。爛醉的父親要是躲避不及，也就在家裡。

驀地裡情感的漩渦在心頭翻騰。

那絕不是個令人喜愛的父親。

也絕不是個好父親。

但仍是他唯一的父親。

被油然而生的情感吞沒的不止五代一人。好幾個受刑人當場蹲下來。

有些人把自己的餐點放在餐桌上，但動筷子的人數得出來。看不過去的監所管理員出聲了：

「晚餐時間只有十五分鐘。快吃。」

到這裡，語氣還是和平常一樣，但接下去的話就不同了。

「……有人想吃還沒得吃。」

哀傷的話讓好幾名受刑人低下頭。監獄裡儲備了食材，即使外來的供給中斷，短時間內受刑人也不會挨餓。但牆外不同。

新聞報導電力尚未恢復。既然石巻市是那般慘狀，其他地方的情況也可想而知。就連五代也猜想得到災區一定有很多避難的災民。停水停電，物流也中斷，在這寒空下，各地居民一定是抱著自己的肩頭瑟瑟發抖。

在一種極限狀態中，五代差點大笑。作惡受罰的自己三餐無虞，無辜的人們卻在避難所挨餓受凍。不僅如此。罪犯們因為被關在堅固的監獄裡而毫髮無傷，無罪的人們卻連人帶房子被沖走。還有比這更諷刺的事嗎！

「五代先生。」

一回神，利根正在搖晃自己的肩頭。

「你怎麼了？怎麼突然笑起來。清醒點！」

原來自己不是差點大笑，而是真的笑出聲了啊。

「哦，抱歉。實在太不真實了。」

他沒有說自己的故鄉就是石巻市。否則以利根的個性，一定會多想多擔心。

那個人的面孔又在心頭浮現。

鵠沼家比五代家更靠海。就剛才的新聞看來，五代不相信他家會沒事。鵠沼自己是否順利逃過了海嘯？

晚餐後到晚間九點是自由時間，但大多數的人都不肯從電視前離開。結束了徒具形式的晚餐後，五代找上負責的監所管理員問：

「我們可以確認外面的人的安危嗎？」

被問到的管理員很為難。

「家人嗎？」

「家人和朋友。」

「現在還什麼都不知道。」

管理員苦澀地擠出話。

「目前連災情都還不清楚。連要確認生存者都是以後的事。剛才的新聞你也看到了吧。」

看他面露悲愴之色，五代就明白了。這位管理員也擔心自己的家人。

所有恐懼的元凶都是無知或資訊太少。在資訊錯綜的現在，凡是有家人的人想必都戰戰兢兢，無一例外。

「長官的家人呢？」

「別問了。」

他低聲制止了發問。

「職員中有幾家人到另一棟避難。」

「原來監獄可以收容那些人啊。」

五代這麼說是有意諷刺職員不同於受刑人，享有優待，但接下來的話讓他沉默了。

「只有職員當中的幾家人而已。這樣意思你明白了吧。」

監獄職員也是有階級之分的。即使沒有，優先順序也會因災情而改變。

「你問了不該問的，我也答了不該答的。都忘了吧。」

說完他便轉身離去。監獄裡，只有看守者與受刑人之分，但從今天起，似乎也產生了另一種分別。

家人遇難的與家人沒有遇難的。

回房後，五代裹著毛毯躺下來。距離熄燈時間九點還有一段時間，但醒著也不能如何。

然而，躺下之後在腦海中打轉的淨是些負面的想像，遲遲無法入睡。

他擔心醉鬼父親的安危，但更掛念鵠沼駿的消息。大學畢業後，曾聽他本人說在當地的記帳士事務所上班。卻沒問起他住在石卷市的哪個地方。

拜託。

一定要平安。

東北特有的三月寒氣今晚特別厲害。刺人的空氣，此刻彷彿連心都要刺穿了。

次日起，災情逐漸明朗，但越了解詳情，受刑人的絕望就越深。「東北關東大震災」、「三一一大震災」、「東北外海大地震」、「東北關東大地震」等等，媒體稱呼各異，但不知不覺統一為「東日本大震災」。然而，名稱雖統一了，隨著時間過去災情只有越來越龐大，沒有任何人能夠掌握全貌。唯有神明知道吧。

二〇一三年五月十四日，五代服完刑期自宮城監獄出獄。

他去的第一個地方是石卷市公所。一到市公所，便向窗口申請調閱避難者名單。

名單中沒有父親的名字，也沒有鵠沼的名字。接著查了南濱地區已確認的罹難者名單。

字。

父親的名字在上面。五代艱難地繼續找那個名字。而那裡也沒有看到鵠沼駿的名字。

離開市公所後，五代走向曾經是自己家的那個地方。但等著他的，是絕望與虛空。河岸的市區從岸邊起數公尺的地方都成了空地。空地還算好的，至今瓦礫仍未清除的土地也不少。

五代家空有地基。大概是前天下的雨吧，地基中間帶泥的積水藏住了地面。海嘯肆虐後兩年，曾經勉強留在這塊地上的東西，肯定也被風雪和建機清空了。

接著他去了鵠沼家。

那裡也只剩下地基。即使想打聽他們一家的消息，旁邊也都是一大片空地，找了一個正在清除瓦礫的人問，他說他是別縣派來的，對原來的居民一無所知，還表示同情。

結果，完全查不到任何鵠沼駿的消息。

五——遭追緝者與未遭追緝者

追われる者と追われない者

1

由於真希龍彌命案與政府機關硬碟轉賣案有所關連，追蹤鵠沼駿正式成為一課與三課的聯合偵辦。然而，卻全然掌握不到鵠沼和五代的消息。一課的調查員有人懷疑三課沒有把情報全部拿出來，笘篠倒是認為那未免疑心病太重。

「你的客戶鵠沼駿和五代良則雙雙消失了。」

告知溝井兩人失蹤，他一臉不感興趣的樣子，但笘篠將他雙手往大腿擦汗看在眼裡。

「你對他們兩人藏匿之處有沒有線索？」

「我怎麼可能知道。我和他們只是生意上的往來，彼此的私生活互不相關。」

「硬碟與費用是採用什麼方式交割？」

「我把硬碟寄到他們的事務所，東西送到的同時就會匯錢進來。就算是客戶，我們也盡可能不碰面。」

「一開始就是採取這樣的模式嗎？」

「對。是鵠沼先生提議的。想想硬碟算是一種黑盒子，萬一包裝被人拆開也不會遭到懷疑。商品名稱也明寫著『電腦硬碟』。付錢的人也不願意賣貨的一天到晚跑到事務所來吧。」

所以溝井是將鵠沼的提議直接用在其他客戶上。

「你和鵠沼跟五代是怎麼認識的？」

「當然是努力跑業務的成果呀。」

溝井驕傲地說。明知轉賣硬碟是違法的，仍抬頭挺胸，看來他對是非善惡的判斷果然是扭曲了。

這種人笞篠見多了。為了正當化自己的犯罪，萬般呵護自以為是的自尊。

「最早是網路拍賣。刑警先生，你拍賣過嗎？」

「沒有。」

「拍賣當中賣家和買家都是用暱稱，成交時才會知道彼此的資訊。鵠沼先生和五代先生也是這樣知道我的手機號碼的。他們兩個動作都很快。鵠沼先生是來問有沒有公家機關的硬碟，五代先生是問金融機構的。」

既然如此，認為有商機而採取行動的是鵠沼和五代，溝井根本沒道理誇耀自己努力跑業務。

「你記得他們兩人是什麼時候和你接觸的嗎？」

「最先是鵠沼先生。五代先生是在那半年之後認識的。」

笘篠和小宮山交換了眼神。

他們已查出五代良則與鵠沼駿是高中同學。也已透過住民票查出當時兩人都住在南濱地區的事實。

因溝井也是石卷人，小宮山甚至懷疑他們會不會高中就認識，可惜沒有這麼多巧合。溝井來自牡鹿地區，學校和年齡都與鵠沼他們不符。至少從官方紀錄上看不出交點。

「我換個問題。鵠沼和五代是透過工作聯絡嗎？」

被這樣一問，溝井訝異地瞇起眼睛。

「他們兩人彼此嗎？沒有啊，我從來沒聽過這種說法。他們一個是NPO法人的代表，另一個是賣名單的，業種也完全不同。不過，我從來也沒想過要問他們是跟誰合作。」

「你不好奇嗎？」

「我沒那麼笨。想要公家機關或金融機構的資料的人，不可能多正派。隨便問出他們的秘密不會有好事。這一點常識我還有。」

「先不說賣名單的五代，人家鵠沼是NPO法人的代表啊？」

「震災以來，和復興有關的NPO法人有如雨後春筍一樣冒出來，可是又不見得全都是正派的團體。那個『大雪川網』是吧？那種類似詐騙的也只是冰山一角。我還沒有那麼無知，不會看到NPO法人代表的頭銜就被晃花了眼。」

偵訊完溝井後，笘篠找來「災民互助會」的鈴波寬子。現在鵠沼失蹤，當然要向最後與他接觸的人搜集情報。

「之前我也說過了，我的工作就是櫃台和管理收據而已。不要說代表個人的事，我連他的工作內容都不太清楚。」

「妳不知道也沒什麼好丟臉的。為了不讓人察覺『災民互助會』的真面目，鵠沼應該是把讓職員知道的事壓到最少。」

「『災民互助會』的真面目是什麼？」

調查員已根據扣押來的名冊開始向各會員問話。該會表面上確實是以支援災民為目的，也曾在市民中心和公民館等地舉辦災民交流會。

然而，這些集會頂多半年一次，相較於會員人數實在太少。令人不得不認為辦非營利活動僅僅是為了讓事業報告的記載欄有東西可填。

「在聽妳說之前，請先看看這個。」

笘篠在寬子面前放了三張照片。一張是五代的大頭照，其他兩張是無關的人。

「這當中有人來找過鵠沼嗎？」

寬子一一注視這三張照片。加入兩張無關的照片，是為了不讓回答者有先入為主的想法，但笘篠當然希望她對五代的照片有反應。

然而期待落空，寬子對這三張照片都沒有特別的反應。

「不好意思，這些人我都沒有印象。」

笘篠再度與小宮山交換眼神。好不容易找到鵠沼和五代的接點，兩人的關連卻依舊不明。

「我不知道代表躲起來的理由，但他到底做了什麼壞事？我一直跟他一起在事務所辦公，他人很文靜認真，實在不像會涉及犯罪的樣子。」

「這世上有些犯罪就是文靜認真的人會做的。例如，其中之一就是買賣他人戶籍。」

「代表買賣別人的戶籍？」

「我只是舉例。」

「可是，如果只是借用他人的名字，也不是多嚴重的事吧？」

「買賣戶籍並不是只是借用名字的犯罪。在採用戶籍制度的日本，戶籍是所有國民服務的基礎，是身分的證明。」

由於牽涉到奈津美戶籍被盜用一事，笘篠的話不禁帶入感情。

「換句話說，買賣戶籍等於是買賣那個人的人生。同時，被搶走戶籍的人則等於從社會上被抹殺。」

寬子默然不語，視線落在桌上。

警方也從「災民互助會」本部扣押了訪客紀錄。一如笘篠所料，裡面有鬼河內珠美和真希龍彌的名字。

到了下午，蓮田帶來了新的相關人士。一問之下，說是鵠沼和五代的同學。

「我叫岸部智雄。哦，這就是偵訊室啊。」

被帶進來的岸部一看就知道是以虛張聲勢來掩飾他的膽怯。

「聽說你是鵠沼和五代的同學？」

「我沒有跟他們同班，不過我跟五代常混在一起。」

笘篠知道高中時代的五代是不良少年。這麼說，和他混在一起的岸部一定也是。

「鵠沼是什麼樣的學生？」

「唔。他三年都在當班長，所以我對他的印象只有老實得要命的乖乖牌。他完全不會打架。」

「鵠沼和五代同班是吧。他們很要好嗎？」

「也不算很要好，就是五代的肥羊啦。」

岸部別具優越感地笑了。

「有一次被抓來進貢，被痛打一頓。」

聽岸部的說法，不難想像他也加入了恐嚇的行列。笘篠為人並沒有老成寬容到可以把恐嚇、霸凌以年輕不懂事帶過。對岸部的心證頓時下滑。

「不過，後來五代就常跟鵠沼在一起，反而跟我們疏遠了。」

恐嚇的加害者與被害者之間會萌生友情？笘篠聽說過劫持犯和人質在危機過後建立

感情的斯德哥爾摩症候群，但那應該是只有在極限狀況的特殊條件之下才成立的案例。

「高中畢業後，他們還繼續來往嗎？」

「啊——，我在本地就職了，他們兩個都升學，所以就完全沒聯絡了。說到這，畢業以後開了幾次同學會，可是他們從來沒出席過。鵠沼我不知道，五代好像是忙著在監獄進進出出。」

「那麼你知道五代的前科了？」

「我們在地的一直到現在同學的聯絡網還是很管用的。有誰被捕啦，上新聞啦，離婚啦，都會以光速傳開。五代考上會計師本來好好的，可是後來就是詐騙人生。學生時代再怎麼威風，長大以後那個樣子，魯蛇是當定了啦。」

真想問他「那你覺得你贏過他了嗎」。敢這麼瞧不起過去的同伴，現在一定是了不起的大人物吧。

笘篠認為人生無所謂勝利組或魯蛇。每個人心中自有一把衡量幸福的尺。光看生活的表面就批評別人的人生未免太過傲慢。

退一百步來說，如果人生的價值有基準，難道不應該是看那個人是否認真過完這一生嗎？

「對了，刑警先生，你們問我他們兩個以前的事，是不是和富澤公園的命案有關啊？」

任意同行的問訊最起碼要告知與哪個案件相關，但對岸部這個人，就連告訴他笘篠都覺得已經讓他知道太多。帶他來的蓮田也一臉不豫。

「完全只是關係人。還不到可以稱為嫌犯的階段。」

「可是刑警先生，他從學生時代就很習慣行使暴力欸。」

「你不是說他是老實得要命的乖乖牌嗎？」

話說出口才感到不妙。

「咦！」

岸部傻了似地半張著嘴。

「難道，嫌犯是鵠沼，不是五代？」

笘篠只好重複同樣的話：

「他們兩個都只是關係人。還不到可以稱為嫌犯的階段。」

「我跟你說，刑警先生，」

不知為何，岸部的語氣變得像是要說服笘篠，

「殺人的嫌犯如果是五代的話，我可以理解。他從以前就是個深不可測的人。聽說他因為詐騙被捕的時候，我反而還很意外。因為我一直以為他要是被抓，一定不是傷害，就是殺人。」

好一個以前的同伴。要是五代在場，真不知他會有什麼表情。

「可是嫌犯是鵠沼，再怎麼想都很奇怪。那種人怎麼可能幹得出殺人這種大事。一定是搞錯了啦。」

笘篠感到自己的推論產生了一絲動搖。

他並不是相信岸部的人物評論，但考慮到鈴波寬子的證詞，無論是現在還是學生時代，人們對鵠沼的印象都沒有什麼改變。文靜、認真，一個與犯罪扯不上關係的人。

『這世上有些犯罪就是文靜認真的人會做的。例如，其中之一就是買賣他人戶籍。』

笘篠曾這樣告訴寬子。這就等於是笘篠本身也認定就算鵠沼真的犯罪，頂多也就是買賣戶籍。

真希真的是鵠沼殺害的嗎？

難道，凶手是慣於行使暴力的五代？

問訊畢，才剛回到辦公室，這次換鑑識的兩角來了。

「真難得，兩角先生竟然會主動來找我。」

「分析之後出現很有意思的結果。」

兩角毫無笑意地說。

「你想不想在搜查會議之前知道？」

「當然想。」

兩角取出幾張紙。都是鑑識報告的一部分，附有物證的照片。

「搜索『災民互助會』時，裡面的房間是嫌犯專用的吧。」

「對。」

「置物櫃裡有幾件替換的衣服。不管那個會是不是掛羊頭賣狗肉，他好歹都是NPO法人的代表。所以才在那裡放了幾件可以替換的西裝外套吧。」

「我也這麼想。」

「置物櫃裡的衣物我們全部分析過了。結果呢，其中一件驗出了非常有意思的東西。你看第二張。」

笘篠照著兩角所指的看了第二張紙，上面有微量顆粒物的照片。

「這是土壤。從西裝肩部採到的。」

「這黑土看起來並沒有什麼特殊之處。難不成是非常罕見的土壤？」

「不是，是仙台市內乃至於全縣都有的火山灰土。」

「那不就沒有意義了嗎？」

「但是分析之後發現，是營養豐富的土。你看旁邊的分析表。」

「『以胺基酸為主要成分，添加氮、磷酸、鈣』……兩角先生，你說的營養是指肥料嗎？」

「答對了。這土壤裡面有觀葉植物用的液態肥料。就那個啊，你在大型五金雜貨行看過吧？開封後連容器整個倒插進土裡的那種。就是那個。那你記得嗎？凶手在行凶後，拆花壇的磚塊敲爛死者的上下顎。」

「難道？」

「沒錯。我們分析了花壇的土壤，果然驗出相同成分配方的液態肥料。也就是說，用來行凶的磚塊上的土和附著在西裝上的土，是一樣的。」

就算含有相同的成分，這兩邊的土也不一定來自同一個地方。

然而，這是很有力的間接證據。以花壇拆下的磚塊敲碎真希上下顎時，剝離的土附著在凶手所穿的西裝肩頭。如果曾高舉磚塊，是非常可能的。而那件西裝是鵠沼的。

「可以當成一種硝煙反應嗎？」

「目前完成分析的只有肥料成分，如果再進一步分析，還可以比對土壤中的微生物。會比硝煙反應更加準確。」

「麻煩了。」

笘篠深深行禮，兩角心領神會地走開了。兩角之所以在搜查會議上發表之前先來告知鑑識結果，肯定是出於對一個老婆戶籍被盜的丈夫的關懷。

在感激兩角厚意的同時，笘篠也感到疑惑。科學辦案顯示鵠沼才是凶手。但認識他的人則說鵠沼不可能殺人。當然，在法庭上鑑識結果會為檢方說話。然而笘篠深知科學辦案並非全能，有時也可能因偽陽性而造成冤罪。

過去同學的證詞與兩角帶來的鑑識結果。然而，有一個假設能夠整合這兩種相反的提示。

鵠沼駿這個人可能在人生某處發生了重大轉變。

2

聽完兩角的話，笘篠立刻便帶著蓮田前往石卷市的南濱地區。

「可是笘篠先生，我們都知道五代上大學以後就離開石卷，鵠沼也在震災以後搬走了啊。」

「所以才要去。」

交由蓮田開車的笘篠望著正面回答。

「岸部證詞中的鵠沼駿與犯行態樣並不一致。」

「我也這麼覺得。」

「當然人都是會變的。但你不認為改變必須有相應的理由或原因嗎？」

「震災，嗎？」

「有很多人因為震災和海嘯失去了家、家人和社群。失去了重要的東西，有些人沒變，也有些人變了。」

笘篠邊說邊覺得心頭一痛。自己也是失去家人的其中一人。他不認為自己因此而改變了，這卻反而讓他懷疑自己對家人是否太冷酷因而自責。

「鵠沼也因為震災失去了父母。這很有可能是他改變的原因。」

「的確有可能。」蓮田說。

「現在只能祈禱鵠沼家的鄰居有人還在。」

五代和鵠沼從前所住的南濱地區是位於舊北上川河口右岸平地的市區，南濱町、門脇町以及雲雀野町因海嘯席捲與火災延燒，死者、失蹤者加起來共有多達四百多位居民喪生。這佔石卷市整體罹難者約百分之十一，表示這一區在石卷市當中災情特別嚴重。河岸的民宅與工廠大多被沖走，只剩瓦礫。由於死者、失蹤者眾多，鄰近鵠沼家的居民有多少人生還令人極為憂心。雖然可以事先到市公所查明鄰近居民的生死再前去訪查，但此刻五代、鵠沼兩人在逃，實在沒有那種功夫。

兩人乘坐的便衣警車很快便抵達當地。下車後笘篠環視周遭，不禁嘆氣。

已經嘆過多少次這樣的氣了呢。

震災當時，這一帶成了車輛、船隻、房屋殘骸堆成的瓦礫山。那情景被報導過無數次，至今仍烙在眼底。然而此刻，在笘篠眼前的是一整片空地。只見寫著「開出勇氣的花」的招牌，與在鋼筋外露的大樓中開店的移動店鋪。至於建築物，也就只有遠處嶄新的公家建築，同樣嶄新的馬路和電線杆，以及紅綠燈吧。看不見稱得上民宅的建築，這可能也和地震與海嘯導致地盤下陷使部分地方濕地化有關。大概是活動的殘骸，忘了撤走的立旗就那樣倒在地上，四周人影稀疏。

即使水電復舊，鋪了新的道路，最關鍵的人沒有回來，那麼市區重生就沒有希望。即使土地重整有所進展，上面沒有建築就只是一塊空地。

「笘篠，這個。」

蓮田有所顧慮地遞出來的，是南濱地區震災前的住宅地圖。以紅色圈圈清楚標示出鵠沼家。但越是對照現況便越是心寒。地圖上密集的住宅如今已消失得無影無蹤。笘篠所住的氣仙沼也是這樣，失去的太多，令人再次因虛無與絕望而戰慄。地圖上存在的一切全都消失了。簡直像是神或惡魔的作為，然而這卻是東日本大震災的手筆。

此刻笘篠正站在鵠沼家曾經的所在之處。只是四周全都是空地，根本不可能訪查。

正不知所措時，看到一家移動店鋪。那是餐車形式的移動店鋪，豎著「石卷炒麵」的立旗。笘篠趕往餐車，蓮田跟在身後。

「歡迎光臨。」

露面的是一個年約六十多歲的女性。她身穿圍裙，所以應是由她掌廚。

「請問，您是從哪裡來的？」

「你誰呀？沒頭沒腦的問這個。」

「我是警察。」

笘篠還沒自我介紹，她便露出敵意。

「我告訴你，我這個可是有營業許可的。就算沒有，我也在這裡炒麵炒了二十年了。」

看來她就是老闆。那就是絕佳的訪查對象。

「不是的，我不是來查營業許可那些，是想打聽一下鄰居的事。」

「鄰居？」

「當然是震災以前的。您一直都在這裡開店吧？」

「對啊。以前這條路上都是賣吃的。整個都被海嘯捲走了。」

爽朗的老闆娘的話中帶上了一絲陰影。

「結果，肯回來開店的，包括我們在內只有幾家。」

「有客人嗎？」

「就剛好開車經過的客人和老客人。生意是不可能像以前那麼好，可是沒店家就不會有人。」

笘篠完全贊成有人群才有復興的理念，但此時職業意識優先。笘篠給老闆娘看那張過去的住宅地圖。

「標了紅圈的人家姓鵠沼，您知道嗎？」

「鵠沼家呀。」

老闆娘指著住宅地圖上的一點。

「這個『市村炒麵』就是我們店。看就知道，和鵠沼家有點距離。他們是來吃過幾次，可是到了兒子上高中的時候就沒再來了。我記得是一家三口，爸媽帶一個兒子嘛？」

「兒子名叫駿。」

「啊——，對對對！鵠沼駿。一個好老實好正經的孩子。那樣的孩子連吃炒麵的方式都跟別人不一樣，他吃完會把免洗筷放回紙套裡收好呢。」

「震災當時他好像不住家裡？」

「年輕人有一半以上都出去了啊。所以如果不是店裡的常客就不會知道近況了。更何況是海嘯以後。」

老闆娘指著地圖上街道的手指在鵠沼家旁邊停下來。

「啊——，對對對，鵠沼家隔壁是古賀先生家。」

「古賀先生是您店裡的常客嗎？」

「他以前是民生委員，他說他和鵠沼家一家子都認識。」

「您知道古賀先生現在在哪裡嗎？」

「復興公營住宅。離這裡不算遠。」

老闆娘指的方向，有一處集合住宅。

二〇一二年起，石卷市便在市區和半島沿岸蓋了很多復興住宅，作為復興事業的一環。古賀所住的是建於門脇町的兩棟六層樓集合住宅，二〇一六年才完工，整個社區和建築都很新。也附設了臨時避難所，盡可能消除居民的不安。那裡應該也被指定為海嘯避難大樓。

在消除不安的同時，宛如公家機關建築的外觀卻很掃興。當建築捨趣味與舒適，重經濟與堅固，無論如何都會變得像公家單位般沒有個性，這兩棟建築就是範本。雖好奇實際入住者有何感想，但笘篠也深知與從前的住處比較也只是徒然。

古賀住在一樓邊間。他年紀少說也有八十歲，頭側剩餘的頭髮純白，刻劃在臉上的皺紋深得好像能夾紙。即使如此，回應笘篠他們的樣子仍是精神矍鑠，令人感覺不出年齡。

「你們特地從仙台來啊。不好意思，沒什麼能招待的。」

古賀見到兩人，雖是陌生人也因為有說話的對象而顯得高興萬分。

「我那時候畢竟是民生委員啊，每次有小朋友調皮啦，町裡起了爭執啦，都會叫我去。別說附近鄰居，跟警察啊，町內會長也幾乎是每天見面。」

「可是，住進這個復興住宅的也是和您同町的人呀？」

「這種集合住宅不行啦。」

古賀猛搖頭。

「房子平平的並排在一起，就會有連帶感，也容易到彼此家裡拜訪。可是，像這種直直的排在一起的會讓人覺得很孤立。就算住同一層樓，鐵門好像也叫人不要來似的，我不喜歡。」

也許有人會對老人的固執不以為然，但古賀的說法也有他的道理。集合住宅的居民之間關係淡漠，這是日夜訪查的笘篠他們周知的事實。震災以前存在的社區意識在復興住宅無法順利運作的例子也時有所聞。

「你們要問鵠沼家的駿是不是。我就住隔壁啊，我們很熟。」

「聽說他很認真。」

「他父親是技術很好的配管工，母親在成衣量販店上班。夫妻倆都很賣力工作，可是這樣駿就常一個人在家，自然就會找我說話。就像把我當祖父吧。他確實是很認真，別人推給他的工作都毫無怨言地做好做滿。可是，他信念很堅定，不行的就不行，連一寸都不讓。他的認真和頑固是像他爸爸。」

「他高中畢業就離家了？」

「是啊，去上大學，後來在市內的記帳士事務所上班。明明上的是爛高中，虧他能找到那麼好的工作，我雖然只是個不相干的鄰居，也很替他驕傲。我本來以為他工作後就不會常回家，但他還是每個月都會回來。因為他媽媽怕寂寞啊。他不但認真，還很孝順呢。」

「最近見過他嗎？」

「沒有。海嘯以後就沒見過了。畢竟，父母親和家一起被沖走了。沒有家人也沒有家，當然也沒有回來的理由。」

「交友方面呢？」

「刑警先生，」

古賀陡然一臉狐疑，

「你們到底想打聽駿的什麼？」

老歸老，古賀的眼神還是很銳利。搪塞敷衍只怕會被看穿。

「就像我剛才說的，我就像駿的祖父。就算你們求我，我也是不會說半句對他不利的話的。」

「鵠沼駿先生是某個案子的關係人。然而現在，他行蹤不明。」

「行蹤不明？」

「您知道他的近況嗎？他成立了一個叫作『災民互助會』的NPO法人，擔任代表。幾天前就沒有回宮城野區安養寺的本部了，也沒有回他住的公寓。」

一聽說鵠沼行蹤不明，古賀似乎頓時感到不安。瞪視笘篠和蓮田的眼光也多了陰影。

「一個純粹是關係人的人突然毫無理由地躲起來，本來不想懷疑的也會開始懷疑了起來。」

「你的意思是我知道駿躲在哪裡？」

「我們沒有這麼想。只是抱著姑且一試的心情，來請問很熟悉他的您是不是知道些什麼，也許可以作為線索。」

古賀沉思般在胸前盤起雙臂，但不久便一臉凝重地面向他們。

「我是知道兩、三個駿可能會去的地方。可是，那些全都在他老家附近。你們來的路上應該都看到了，那些地方連過去的影子都沒有了。不要說房子，連一根電線杆都沒留下。駿可能會去的地方，現在都沒了。」

「建築物被沖走了，記憶還在。」

笘篠也不死心。

「就算建築物消失得無影無蹤，如果還有當地的回憶，會回去也不足為奇。」

「照你這個道理，駿就更不可能會去了。」

「為什麼？」

「駿對南濱地區也許是有很多回憶，但就我所知，他最後一次回來這裡是聯合葬禮那天。你覺得那一天，全東北有人內心是平靜的嗎？」

笘篠無言以對。

笘篠也失去了家人。如果古賀是料到這一點以此進攻，那麼可說是相當老奸巨猾，但這位老人只怕沒有挑釁的意圖。他只是向同樣遭遇了以筆墨難以形容災難的人徵求同意罷了。

即使如此，笘篠還是必須問下去。

「鵠沼駿先生不願造訪此地的原因，是在海嘯中失去父母的事實勝過了其他記憶，您的意思是這樣吧。但是古賀先生，您並不知道他所有的記憶啊。」

「他失去的不止是家和家人。」

古賀說完之後，露出糟了的神情。

「您一定知道什麼內幕。」

「也不是什麼稀奇的。刑警先生，震災當時，你在哪裡做些什麼？」

當時笘篠在氣仙沼署保護並疏散災民。資訊雜亂，也無從確認自己家人的安危。然而，沒有詳細說明這些的必要。

「我正在值勤。」

「警察在值勤，那麼一定也會接觸災民吧。與他們接觸，心情還能像平常一樣平靜嗎？一點也沒有激起個人的感傷嗎？」

「……不能。」

「就連在工作上要面對災民的你們都這樣了。不過是一介市民的我和駿，遇上災民，心裡有多震撼、多不知所措，應該很容易想像吧。」

「古賀先生，」

笘篠正面注視古賀，

「我們在追查的不止是鵠沼駿先生。還有另一個有前科的人也同時躲起來了。」

「那個有前科的人和駿有什麼關係嗎？」

「他是鵠沼駿先生的高中同學。」

古賀自己都說是爛高中的那個高中的同學。大概是判斷鵠沼已被逼得走投無路，他的視線游移了。這麼做雖然好像利用古賀的良心，讓笘篠心生排斥，但現在將鵠沼拘捕到案是第一優先。

「古賀先生。」

不知在第幾度動搖的時候，古賀的態度終於軟化了。

「不知道我說的這些能不能幫上忙。」

「如何判斷是我們的工作。」

「這對災民來說也不算特別稀奇。」

「我也曾經好幾次在毫不起眼的事當中找到線索。」

古賀定定地看著笞篠，終於以疲憊的語氣說起過去。

二〇一一年三月十一日，石卷市南濱地區。

眼前，是令人難以置信的情景。

陰天，雪花紛飛之中，一度退潮而露出河底的水越過防波堤逆流而來。不知是不是光線的關係，海水看起來是漆黑的。

先是自動販賣機、轎車和卡車被海水推擠，接著流木衝撞房屋。水位轉眼增高，別說木造住宅，就連堅固的加工廠也不敵水壓被推走。

更震撼的是，連船隻都越過防波堤而來。衝進建築物之間的船，船頭貫穿了民宅二樓的窗戶。面對這連想像都未曾想像過的光景，古賀甚至無法將視線移開。

古賀在神社的石階上，茫然俯瞰熟悉的街頭被黑水吞沒。發布第二次海嘯警報的時候，他便與鄰居一同出發前往位於高台的神社，當舊北上川河口逆流時，已置身於安全地帶。雖然也叫了隔壁的鵠沼夫婦，但他們說有東西一定得帶走，沒跟出來。現在他唯一掛念的就是他們。

下午三點四十三分，河口開始逆流，低樓層住宅林立的那一帶完全抵擋不住。包括古賀家在內，轉眼間便被濁流吞噬。

那時，他聽到鵠沼家傳出哀嚎。

怒濤與爆破聲震耳欲聾，神奇的是人的聲音卻從中清楚地傳出來。那是鵠沼太太的聲音沒錯。

不會吧。

難道他們兩人都來不及逃嗎？

然而，她的叫聲也沒有持續多久。隨著屋頂沉入水面下，叫聲空虛地消失了。眼前的一切令人不敢相信是人間，古賀當場無力軟倒。不止鵠沼夫婦。還有很多人沒有來到高台。他們也像海中浮藻般消失了嗎？

濁流不顧古賀的絕望與恐懼，繼續改變街頭的樣貌。以河流為中心開展的南濱地區，如今已幾乎全被淹沒在海中。或許是漏油起火，對岸的工廠升起火苗。

一想像海面下有幾十個、幾百個居民正在掙扎，身體便不由自主地開始發抖。不是因為戶外的空氣冷，而是大自然的無情與人命的脆弱讓身體深處都凍僵了。

自己無能為力。既無法救他們，也無法緩和心中的痛苦。只能就這麼虛脫著，眼睜睜地看著街頭慘遭蹂躪。

這時候，頭上一個聲音說：

「古賀伯伯。」

抬頭一看，見到鵠沼的臉。

「駿，你怎麼會在這裡？」

「搖得那麼厲害，我擔心家裡就回來了。」

古賀還以為認錯人了。他所認識的鵠沼駿總是冷靜又自信，一臉要以努力顛覆絕大多數不可能的神氣。那肯定是來自出身於爛高中仍走出自己的路的自豪與自信。

然而此刻，站在古賀身旁的男子卻害怕得像個迷路的孩子。怯怯的不知如何是好，一副看到古賀才放心下來的樣子。

視線一轉，發現鵠沼右腳扭得很奇怪。腳踝滿是泥和血。

「你的腳？」

「半路上被掉下來的瓦礫弄到，好像扭傷了。我不要緊，我爸我媽呢？他們也一起來避難了吧？」

只見他以懇求般的眼神這樣問。古賀受不了他眼中的那種拚命。

「抱歉啊。」

自己都覺得自己的聲音好沒用。

「我叫了他們，可是他們沒能一起來。」

「那……」

鵠沼反射地將視線朝向滾滾而來的濁流。自己的家所在之處已經在水面下。

「怎麼會……」

鵠沼像斷了線的傀儡，雙膝直直落下。

「怎麼會……」

半張著嘴，茫然失神。這不是憑個人的努力就能翻盤的事實。當人類的無能為力如此赤裸地擺在眼前，便令人感到全身虛脫。

兩人望著水面，不久朝內陸流動的流木和房屋有一部分轉向了。

再次退潮。然而，這次因為水量大，退潮的方式也非比尋常。

兩人的腳底下響起地鳴般的低吼。古賀一驚，站起來，鵠沼也單手撐地爬起來。

海嘯逼近時讓人以為是世界末日，但退潮之慘烈也不遑多讓。被沖至內陸深處的房屋與車輛，以及大量的瓦礫，同時奔騰回海。勉強抵擋過頭一次激流的，承受不住第二次的衝擊。本來沒事的建築也被捲入海流。

古賀的耳朵又捕捉到新的叫聲。某處響起又尖又高的聲音求救。

「伯伯，那邊！」

鵠沼指的同時，古賀也注意到了。一個小小的人影混在十幾公尺外的上游沖刷而來的瓦礫中載浮載沉。從紅色的小學生書包可知是個小女孩。

古賀心頭一凜。再過去是門脇小學，當然會有小學生被海嘯捲走。

從古賀所在之處無法看出女孩是生是死。但無論生死都不能不救。

然而，驚人的是，身體不會動。雙腳定住了，連一步都踏不出去。

「來得及！」

鵠沼說出驚人之語。難道他準備跳進那激流之中？

然而，準備走向岸邊的鵠沼才邁出第一步就失去平衡。

「駿！」

古賀趕緊扶起在石階上跌倒的鵠沼。鵠沼罵了句不像他會說的髒話，扶著古賀的肩站起來。

女孩朝兩人正面被沖過來。距離岸上約十公尺左右。絕不是到不了的距離。

如果，不是在這種狀況之下的話。

激流中的鋼筋水泥的建築和船隻宛如木片，再厲害的游泳高手都無法在這樣的激流中前進。

即使如此，鵠沼還是不願意放棄。

「伯伯，帶我到岸邊。」

「不行，」

古賀當下峻拒，

「你辦不到的。」

「要我對那孩子見死不救我更辦不到。」

鵠沼放開古賀的肩，下了石階。古賀有預感，要是不阻止，他絕對會跳進激流。

「別去！駿！」

鵠沼拖著右腳總算來到岸邊。說是岸邊，已被水流沖刷變成脆弱的崖岸，隨時可能會崩塌。

「別去，連你也會被沖走的！」

古賀全力喝止，但鵠沼充耳不聞。正當他屈膝準備跳進去的那一瞬間。

腳底地面突然塌陷，鵠沼的身體就要從崖岸滑落。

「駿！」

千鈞一髮之際古賀伸出的手抓住了鵠沼的手臂。古賀也側倒了，但一心只想著絕不能放開抓住鵠沼的手。

鵠沼立刻努力憑自己的力量往上爬。但或許是無法靈活使喚右腳，他借助古賀的力量才好不容易將上半身抬到岸上。

「好冰。」

「什麼好冰？」

「水，水像冰一樣冷。」

全身上岸後一看，鵠沼膝蓋以下都濕了。

「一入水，就失去感覺。」

正當鵠沼毫無抑揚頓挫地說出這句話時，女孩就在他們面前被沖向大海。

不，不止是她。

接下來在兩人無計可施的旁觀中，不知有多少具軀體在水面時隱時現地被沖走。那情景實在太過殘酷，古賀甚至不敢去數。三月的海水只消泡上幾秒就會失去感覺，再加上這雪。一旦被海水捉住，還沒有溺死就會被凍死。

「我什麼忙都幫不上。」

鵠沼的聲音因絕望與無力而沙啞。

「那麼多人在我眼前死去，我卻連靠近都無法靠近。」

說聲「你不要自責」很容易。然而古賀的嘴唇卻凍結了。他無法否認當下的絕望與無力。此時此刻，只能為人類存在的渺小而顫抖。

鵠沼雙肩下垂，望著海。

眼神是前所未見的空虛。

水全退後剩下的便是街道的殘骸。便利商店的停車場車輛高高堆起。大樓破碎的玻璃窗不斷吐出海水。房屋被壓扁。大量的流木與瓦礫使道路無法通行。高及膝蓋的積水與泥沙。泡在泥濘中的生活用品、棉被、衣物、腳踏車、照片、玩具、書包。

以及屍體。

死沒有幸或不幸，但鵠沼夫婦的屍體沒多久就被發現了。兩人的屍體被發現於河口附近堆積的瓦礫之中。顏面均嚴重損傷，但由鵠沼以身體特徵與衣著確認身分。

兩人的遺體與其他人一起被送到緊鄰避難所的安置所。昏暗的安置所裡，從裡到外一排排並列著簡陋的棺木。

尋找與識別遺體便忙不過來，因此沒有憑弔死者的餘裕也沒有供花，只在各棺木上放一瓶瓶裝水作為最起碼的形式。

陣陣寒氣也鑽進了安置所，但屍體還是開始腐敗，甜爛的氣味毫不客氣地直鑽鼻腔。

鵠沼佇立在雙親的棺木前。古賀來到安置所時他便是那個姿勢，只怕已經在那裡站很久了。

古賀將路邊找到的酢漿草放在棺上，雙手合十。明明是常來常往的鄰居，自己卻只能供上野花，實在可悲。

鵠沼的視線仍是落在棺木上沒有絲毫移動。宛如幽靈般的模樣，讓人不敢出聲叫他。

「駿，你還好嗎？」

鵠沼這才如夢初醒般轉向這邊。

「古賀伯伯，你特地找花來的嗎？」

「抱歉啊。一時之間只能找到這個。」

那聲「謝謝」裡也聽不出情緒。會不會是對流過眼前的屍體都無法伸手拉一把的那時候開始，鵠沼的精神就受損了？古賀模模糊糊地想著，但立刻加以否定。

「古賀伯伯。」

「嗯。」

「原來人這麼脆弱啊。我好驚訝。」

俯視著父母的棺木，鵠沼只動了動嘴唇。

「他們並沒有隨身帶著證件，只是剛好我回來可以認屍，才確認了他們的身分而已。要是我不在，他們就會被當作無名屍了。原來人類是這麼不明確的存在啊。」

「還以為你要說什麼呢。駿，這樣的想法是不健康的。」

「嗯，不健康。」

然後，鵠沼終於面向這邊。

「可是，卻也沒錯。」

那雙眼睛灰暗得令人發怵。

「幾天之後，我在聯合葬禮的時候見到他，之後他就沒有回來了。也許他曾經回來過，但至少我沒見到。」

說完震災當時的事，古賀顯得非常難過。

「從那以後，駿確實失去了什麼很重要的東西。不止是家和家人，我總覺得他失去了更重要的東西。」

3

溜出事務所的五代為躲避警方的追蹤，換了好幾個地方藏身。被逮捕過兩次，任誰都會變得特別小心。像五代光是在宮城縣內就準備了五個藏身之處，而且絕對不在同一個地方長時間逗留。這些地方種類也很多元，有廉價旅館、朋友的情婦家、空頭辦公室等等。昨晚住的，便是幽靈事務所。

在這些地方輾轉來去當中，五代也沒有疏於收集情報。命部下逐一報告「災民互助會」的代表鵠沼駿的動向與警方的辦案情形。不枉五代悉心調教，他們對警察的行動做了相當詳細的報告。

然而，關於鵠沼的行蹤則沒有任何線索，完全就是空空如也的狀態。剛剛也才接到部下的定期報告，但不要說鵠沼的個人資料，就連他擔任代表的NPO法人的實際內容都不清楚。

「你怎麼這麼難搞啊。」

五代朝著半空抱怨，從行軍床上坐起來。無法掌握鵠沼的消息並不是部下的錯。就連五代自己，也是直到最近才知道鵠沼並沒有死於震災。在幾乎沒有基本資料的情況下要他們推測鵠沼會逃往何處，實在是無理的要求。

五代一出獄便直奔南濱地區，那裡已是一片空無一物的空地。與鵠沼駿的消息相關的線索也連根被清得乾乾淨淨。在服刑期間要收集鵠沼的資料本來就是奢望。

出獄後，五代自己試著調查，但鵠沼任職的記帳士事務所包括所長在內全員失蹤。五代也必須儘早把生意做起來，調查自然也就無疾而終了。

而讓五代更加自我厭惡的是，儘管自己做賣名單的生意，卻連「災民互助會」這個NPO法人的存在都不知道。以支援災民為目的的非營利團體，確實與五代的行業沒有接點。無奈的是越是投入檯面下的生意，對檯面上的消息越是隔膜。即使如此，竟連鵠沼成為非營利團體的代表都不知道，實在令五代扼腕到極點。

失蹤的鵠沼會到哪裡去？五代在逃中仍不斷思索。最先想到的是老家所在的南濱地區，但他會去一個沒有家人也沒有家的地方的可能性很低。兩個刑警造訪了當地，還是未能拘捕鵠沼不是嗎？

那麼，以殺人嫌疑遭到追捕的鵠沼會去的，或是會藏身的地方會是哪裡？五代和鵠沼混在一起的時間不到兩年，畢業後又各自忙碌，只通過幾次電話。彼此開始工作時，連電話都不打了。

現在回想起來，其實他們也不是必須經常見面的關係。五代一直認為，就算不見面、不通話，只要知道彼此平安就夠了。但沒有了老家這個連繫，他根本無從掌握鵠沼的消息。

鵠沼特別有感情的地方會是哪裡？五代自問。當然，他不見得會躲在特別有感情的地方。但也很難相信他會去躲在一個毫無因緣的地方。

既然不是老家過去所在之地，會是他們的高中嗎？不對。據傳聞，鵠沼也和五代一樣，從來沒參加過同學會。一個根本不想見同學的人不會重回過去的校園。

他過去服務的記帳士事務所不要說同事了，聽說事務所所在的大樓整棟遭海嘯侵襲，已成為再開發的對象，現在好像正在興建新大樓。因此，鵠沼前往當地的可能性也很低。「災民互助會」本部與他住的公寓都有刑警監視，完全不用考慮。

五代一一刪去可能性低的地點。然而，一樁實在無法理解的事實一再妨礙他的思考。

那個堅定地拒絕與五代搭檔行騙、選擇了特別正派職業的人，怎麼會淪落到因殺人嫌疑被追捕？將近二十年的空白之中，到底發生了什麼事？

這時，某座建築閃光般在五代腦海中出現。

認真老實到極點的鵲沼有生以來頭一次參與的壞事。

那棟建築在市內也偏向內陸，應該至少能免於受海嘯侵襲。

五代從摺疊床上跳起來，抓起西裝外套，鬍子也顧不得刮就衝出事務所。

逃跑用的車子是向可靠的朋友借的，即使被監理系統搜索也不用擔心會出問題。

五代要去的是石卷市的市區。兩名刑警造訪南濱地區空手而回。往那裡去無異於自投羅網，但沒有人會想到搜索對象竟會大搖大擺去那附近。有道是，最危險的地方反而是最安全的地方。

進入石卷市後，五代將車開往立町中央區。該區在市中心活化基本計畫內，是市內再開發進展最快的地點之一。

在最近的便利商店停車場停好車，五代仔細察看四周。

時近正午，店裡擠滿了物色午餐的客人，附近的餐廳也都很熱鬧。客人當中有很多是建築工人。若光看這一幕，確實會有立町中央區正一步步從復興走再開發的印象。

五代一個個觀察他們的樣子和視線，確定沒有警察混在裡面。裝作要找地方吃飯，來到車外。

那一帶的景觀因再開發正值大幅轉變。人行道變寬了，處處都裝飾著石森章太郎的動漫人物塑像和海報。朝市公所方向走去，建設中的大樓便少了，往日的商店街漸漸露臉。五代要去的，是那條商店邊緣的那群複合式大樓。

這裡正好夾在中心市區活化基本計畫核心的站前區與立町中央區之間，被再開發遺漏了。複合式大樓大多自五代高中時起便沒有被拆毀，還保持著往年的模樣。

五代要去的大樓也還健在。歷經近二十年的風霜雨雪，牆面難免褪色，從玻璃窗上的廣告看來，承租率連一半都不到。

而大樓正下方，有個人坐在路緣上。無所事事地望著四樓的樣子，簡直像個不知所措的孩子。

「唷。」

五代一叫，男子便緩緩轉過頭來。和自己一樣滿臉鬍碴的，正是鵠沼駿。

但鵠沼對突如其來的老友一點也不顯得驚訝，舉起一隻手作為回應。看他西裝軟塌、襯衫也皺巴巴的樣子，可見他也一直在說不上太好的棲身之地輾轉流離。儘管頭髮裡雜了些許白髮，臉頰也鬆弛了，但理性的眼神還是一點都沒變。

五代環顧四周，確定沒有疑似警察的人影後，才在鵠沼身邊坐下。鵠沼仰望的四樓玻璃窗上貼著「商辦招租」的紙。

那裡曾經是「東北金融」的事務所。五代與鵠沼策劃並成功詐騙了七千多萬圓，那是他們第一次也是最後一次合作。

「『東北金融』撤走了啊。」

鵠沼自言自語般喃喃地說。

「你不知道嗎？二〇一〇年就因為無力償付倒了。他們本來就是黑道的傀儡企業，一旦經營不善，他們會選擇把店收一收，才不會去改善經營。」

「恭哥，是吧？」

「對，恭哥。到現在我還是清清楚楚記得餘額變成二十五萬時能島的表情。」

「恭哥在弄程式的時候，我就在對面的咖啡店看你們的情況。那家咖啡店也沒了。」

「那時候老闆就是個很老的老頭了啊。大概是沒人繼承吧。」

「人和建築都會消失，是吧。」

「我們卻這樣留下來了。」

「但也不再是那時候的樣子了。」

鵠沼有些落寞。

「倒是你，不用逃嗎？我看你很從容啊。」

「你怎麼知道我被追捕了？」

「就同行知門道囉。追蹤警方的動向，知道他們直搗『災民互助會』。然後一查那裡的代表，你的名字就跑出來了。」

我一點都不從容——說完，鵠沼自嘲地露出皺巴巴的襯衫。

「我逃了三天，連宮城縣都出不去。」

「我開車來的，可以載你。」

「沒用的。通往縣外的主要幹道和主要車站都有刑警把關。那邊的石卷車站也一樣。到處都是一看就一副拎著手銬等逮人的人在那裡晃來晃去。」

「你坐在這裡也遲早會被捕。」

「我已經逃膩了。仔細想想，我從小就不太會玩捉迷藏。」

「對喔，你都是負責動腦的。」

「而你是負責動手的。不過，聽說你現在在賣名單？」

「你知道啊？」

「多少知道，畢竟我也是做黑的。『帝國調查』評價不錯，聽說給的名單很實在。」

「誰叫你不來光顧，看在以前的交情上，我一定給你打折的。」

「你又沒有我想要的名單。你買賣的是活人的資料。我想要的是明明已經死了卻還被當成活人的資料。」

「真沒想到你會變成這邊的人。以前明明就拒絕我。」

「只是時機不巧而已。」

「你是在什麼時機變成壞人的？」

「……震災時你在哪裡？」

「牢裡。宮城監獄。」

鵠沼似乎不太知道五代的狀況，睜大了眼睛。

「那真是災難啊。」

「那天，在牆外的人更災難吧。」

「是啊，簡直就像人間的災難全都發生在同一個地方了。房子、船、車子，城市裡的人辛辛苦苦才賺來的東西全都被海帶走了。人也是。小孩子就在我眼前被沖走，而且是好幾個。」

鵠沼將視線落在張開的雙手上。

「只要游個十公尺也許就救得了。可是我卻什麼都做不了。只能眼睜睜看著那些孩子被沖進大海。以前我志得意滿，覺得只要有心，沒有做不到的事。可是我卻什麼都做不了。連一個孩子都救不了。」

「那是非常時刻啊。」

「只有當時在場的人才能理解這種心情。」

「我家也被沖走了。」

「但你沒有直接看到人像垃圾一樣被沖走吧。那一瞬間，我的價值觀變了。死掉的人，不過就是垃圾。」

鵠沼淡淡地繼續說下去。話中沒有情緒起伏，反而更加震撼五代的心。曾經那麼理性的鵠沼竟如此乾脆地變為歹徒。海嘯不僅捲走了人和財產，連鵠沼的心也捲走了。

「你怎麼會想到買賣失蹤者的戶籍？」

「人的生死，沒有那麼大不了。戶籍也就是個資料。既然是沒有人在用的資料，就提供給需要的人。死去的人不會有怨言，得到新名字的人能展開新的人生，賣戶籍我可以賺錢，皆大歡喜。」

「你原本上班的記帳士事務所沒了之後馬上就開始的嗎？」

「當然需要時間準備。必須開發拿到公家機構資料的途徑，也必須掌握失蹤者的死亡宣告進行到什麼程度。我會成立NPO法人來搜集資料也是為了這些。」

條理分明的語氣仍是老樣子，但聽著他的話，五代默默絕望了。鵠沼果然變了。鵠沼失去了最鵠沼的部分。

「看你一臉遺憾的樣子。」

「哪有。」

「我剛才也說過，就買賣個資這一點，我和你做的事是一樣的。」

「的確只有這一點是一樣的。」

「你是要說你沒有殺人，是嗎？」

「你殺了嗎？」

原以為鵠沼多少會遲疑，卻見他面不改色。

「因為我一直以為我的事業會讓大家幸福。我完全沒料到會被買了戶籍的人威脅。

那天，一個姓真希的前科犯找我出去。說如果不希望我非法買賣失蹤者戶籍的事被抖出去，就給他五千萬。我問他情由，他說他已經厭倦用別人的姓名活著了。還說只要有一大筆錢，就不必活得提心吊膽。我總不能每次都回應這種要求，就去了約好碰面的公園想勸他。」

「想勸卻吵起來了嗎？」

「亮刀的是他。他事先把刀藏在懷裡，大概是走投無路，打從一開始就沒有要討論的意思吧。扭打之間我搶過了刀，糟就是糟在這裡。我向來都是動腦不動手，不會打架。一時之間太激動，等回過神來的時候已經刺下去了。知道他斷氣以後，趕緊敲碎了他的上下顎。」

「怕被人從齒模查出身分嗎？」

「因為他有前科，我也把手指切下來好讓警方不能比對指紋，又把刀子和手機帶走。但是我太小看警察的辦案能力了。專案小組沒多久就盯上了『災民互助會』。」

與對方扭打中衝動將人刺殺，多半真的是因為鵠沼不會打架的關係。但殺了人之後緊接著進行冷靜沉著的善後處理，就非常有鵠沼的風格。

「刀子和手機，還有手指呢？都還在嗎？」

「我哪會冒這種險？早就處理掉了。」

「手機裡可能還留著他威脅你的證據啊？」

「我都看過了。要是有找到那些證據，我早就存在事務所的保險箱，或是拿去給警方了。」

「你打算自首？」

「我要在這裡再待一會兒。難得也見到你。」

「有沒有什麼我能幫忙的？」

這個嘛——鵠沼望著半空沉思。

「如果有什麼有效率的坐牢方式，我很想了解一下。反正一定會進去好一陣子，我不想浪費時間。」

「沒別的了嗎？」

「你能給我的，也就只有這個吧。」

「嗟！」

本人沒有自覺的刀子嘴還是老樣子。正因如此，他唯一變了的部分更加令人惋惜與失落。

「你也很讓人意外啊。」

「怎麼說？」

「竟然一直乖乖賣名單。我還以為你會做一些更大膽的工作。」

「等你被判兩次有罪再說。再蠢的人也會變得小心謹慎。」

其實並非如此。

是因為自己害怕暴力，也害怕人的死亡。

那天，從宮城監獄的電視看到的故鄉的慘狀。

出獄後造訪南濱地區的空地時看到的虛無。

那兩片景象深深烙在五代眼底。在腦海中無數次重播之後，五代便開始迴避暴力和他人的死亡。

鵠沼在海嘯現場目擊了人的死亡。透過電視畫面和實際看到所受的衝擊肯定相差懸殊。但他們目擊的是同樣的內容。

儘管眼見的是同樣的失去與死亡，自己害怕了，鵠沼卻是不在乎了。這樣的差異到底是什麼造成的？分隔兩人的界線到底在哪裡？

五代遲疑著不知怎麼說的時候，察覺有人影朝他們靠近。回頭一看，兩個男人正從人行道對面逼近。

是笘篠和蓮田。

視線立時轉向相反的那一側，果然有另一組雙人搭檔一步步縮小與他們的距離。

夾擊。比賽結束。

在鵠沼面前站定的笘篠似乎微微緊繃。

「鵠沼駿嗎？」

「我是。」

「我要以偽造文書與殺人的嫌疑逮捕你。」

鵠沼緩緩站起來，毫不抵抗地伸出雙手。

「偽造文書和殺人，是嗎？輕罪和重罪並列，感覺真奇妙。」

「我不認為偽造文書是輕罪。」

笘篠邊上手銬邊說。連五代都聽得出他的聲音勉強壓抑著情緒。

鵠沼以略感訝異的神色看笘篠。

「刑警先生，方便請教大名嗎？」

「宮城縣警刑事部，笘篠誠一郎。」

鵠沼一副原來的樣子點點頭。

「你是笘篠奈津美小姐的先生嗎？」

「沒錯。」

「你怎麼知道我在這裡？」

「五代以前的一個同伴姓岸部的，記得五代曾經在『東北金融』打工，雖然為時很短。正好和你們開始走得很近的時期重疊。」

「被你逮捕我也只好認了。」

鵠沼淡淡地笑了。笘篠既沒有生氣也沒有傻眼，視線轉向五代。

「五代良則，我們也有話要問你。」

「好好好，我奉陪。」

鵠沼雙手被銬住，就這麼向前走，五代則跟在他身後。

鵠沼的背影沒有任何話要說。

4

被帶到專案小組的鵠沼始終平靜沉穩，一點都不像殺人後會敲碎死者上下顎、切手指的凶惡罪犯。

由於事件涉及奈津美的戶籍，身為關係人的笘篠本來應該避嫌，但因逮捕殺害真希龍彌的嫌犯有功，也不便將他排除在外。笘篠好意想擔任紀錄，沒想到鵠沼主動指名找他。於是由蓮田擔任紀錄，笘篠坐在鵠沼正對面。

鵠沼首先恭敬行了一禮。

「這是道歉的意思，還是一般的招呼？」

「我未經許可擅自動用了尊夫人的名字。我為此道歉。」

「聽起來像是在說除此之外，沒有道歉的必要。」

「是的，正是如此。」

鵠沼一點都沒有慚愧反省的樣子。

「對於買賣失蹤者戶籍這件事本身，以及殺害真希，我都沒有犯罪意識。」

「說說理由吧。」

「殺害真希，是因為他恐嚇我。他說若是不希望買賣戶籍一事被抖出來，就拿出五千萬。我一度說服他，但我知道這類恐嚇不會一次就結束，所以我認為最終只能將他排除。」

置物櫃裡的西裝驗出與磚塊上相同土壤一事，已事先告訴本人。或許是因為物證就在眼前，認為抗辯無用而死了心，鵠沼答得很坦率。

但，坦率的只有態度。他所說的內容已偏離倫理。

「買賣戶籍的確是違法行為，但沒有人會因此而蒙受實質損害。官方雖視為失蹤，但他們實質上等同死者。無論自己的戶籍被如何利用，都不可能出面申訴。另一方面，世上有些人用本名連找工作、生活都有困難，他們想要另一個名字。就行政而言，可以從實質上等同死者的人徵收稅金。這是需求與供給雙贏的生意。因此，雖違法我卻不認為是罪惡。」

「你不認為這樣的行為冒犯死者嗎？」

於是，鵠沼的視線忽然放遠。

「笘篠先生想必因工作目睹過很多人的死亡吧。你本身對人的生死是怎麼看呢？」

「我沒有要跟你辯論生死觀。」

「我不是要爭辯。我想，我的感覺比別人更即物。人類的生命很脆弱，無論是好人壞人，死了就只是物體。這不是冒不冒犯的問題。」

「你還記得以前擔任民生委員的古賀先生嗎？」

「記得。他是鄰居，很照顧我。現在過得好嗎？」

「他說，你從小就認真又頑固。大大稱讚你信念堅定。」

「老人家總是會美化過去的記憶。」

「他看來年過八十還很硬朗。只會美化記憶的老人應該不會變成那個樣子。要是把你的罪狀告訴古賀先生，真不知他會有什麼反應。」

鵠沼一邊的眉毛動了動。

「古賀先生也這麼說過。在遭遇海嘯時，你失去的不止是家和家人。會不會也失去了正常的倫理觀念。」

「行為本身受到指責我無話可說，但讓別人對自己的內心說三道四，感覺並不舒服。」

他似乎有些光火，但語氣並不到抗議的程度。

「犯案動機是偵訊的重點之一。無論你喜不喜歡，都沒有得選。」

鵠沼沉默片刻。但態度不像是被惹火也不像是要行使緘默權的樣子。

正要催他回答時，只見鵠沼緩緩開口。

「有時候，我會看到海。」

話聲有如喃喃自語。

「震災當天，我在南濱。在高台避難的時候，一個背著紅色小學生書包的小女孩從我眼前的舊北上川流過去。四周下著雪，天色昏暗，就只有書包的紅色特別醒目。不止小女孩，那之後好多好多人被沖走。吞噬他們的海黑漆漆的。我看到的，就是那黑漆漆的海。現在一說到海，我就只能想到那片漆黑的海。」

一連串與案件毫無關連的囈語。

但笘篠卻接不下去。

因為他自己，有時也會驀地裡想起海。

吞噬人，吞噬建築，吞噬一切，將之帶往彼方的海。笘篠幻視中的海也是將光吸盡般漆黑的海。

追逐者與被追逐者，倚賴希望的人和失去希望的人都看著同樣顏色的海。

敲鍵盤的聲音停了。蓮田也望著兩人不發一語。幸運躲過海嘯肆虐的蓮田看到的，究竟是什麼樣的海呢？

*

那天，笘篠在自己的住處。雖然不是輪休，卻因石動的指示半強迫地被休了假。

『我可不希望有人到處去說一課黑心血汗，不讓調查員休息。』

話說得不好聽，奇怪的是，卻沒有給人不好的印象。

筆錄不過不失地完成，當天便將鵠沼移送仙台地檢。嫌疑是偽造文書與殺人。自白與物證齊全，預計開庭審理前的程序也會很順利。

至於辯護律師，是選任而非公設。據說，五代前往仙台律師協會談判，說要多少錢不是問題，要找最優秀的律師。笘篠認為這很像他會做的事。

笘篠在餐桌上攤開文件。

那是從區公所的窗口拿回來的失蹤者死亡宣告申請書。標題是家事聲請狀，在旁邊括弧內填寫「聲請宣告死亡」的格式。

在聲請人那一欄填入本籍、住址、聯絡方式、姓名、職業後，在下面標記「失蹤人」的空欄裡，填寫奈津美的資料。笘篠平常填表格文件時都草草了事，唯有填寫這份文件時是一個字一個字珍重寫下。

翻到背面，在聲請事項寫下請求宣告失蹤人死亡，在理由中寫下失蹤。最後由聲請人笘篠簽名蓋章，文件就完成了。

接著第二張是健一的。這張也慢慢地，像刻在自己心口般把空欄埋滿。

不久，兩張都完成了。仔細檢查，沒有遺漏。再來便只要附上兩人的戶籍謄本與戶籍附票，以及證明失蹤的資料，提交給家事法庭。

他覺得對不起奈津美和健一。

這七年，他一直告訴自己不去申請宣告死亡，是希望兩人能夠生還，但那不過是欺騙自己。

是他不願承認兩人的死。

是他沒有自信能承受兩人的死。

若說這次的案子是笘篠的怯懦造成的也不為過。要是他有接受現實的勇氣，奈津美的名字也不會被人盜用。

現實既殘酷，又巨大。重重壓上來，彷彿在對你說，這就是你欺騙自己至今的後果。

餐桌上的相框裡是奈津美和健一的照片。笘篠交互看著照片與聲請狀。

兩人看起來像是叫他快點提交，也像是叫他在手邊再多留一陣子。

然後毫無預兆地，眼頭發熱。

笘篠趁著四下無人，放聲大哭。

PL00091

界線

作者—中山七里
譯者—劉姿君
編輯—黃煜智
校對—魏秋綢
封面設計—兒日

總編輯—龔橞甄
董事長—趙政岷
出版者—時報文化出版企業股份有限公司
108019 台北市和平西路三段二四〇號七樓
發行專線—(〇二)二三〇六六八四二
讀者服務專線—〇八〇〇二三一七〇五
(〇二)二三〇四七一〇三
讀者服務傳真—(〇二)二三〇四六八五八
郵撥—一九三四四七二四時報文化出版公司
信箱—10899 臺北華江橋郵局第 99 信箱
時報悅讀網—http://www.readingtimes.com.tw
思潮線臉書—https://www.facebook.com/trendage
法律顧問—理律法律事務所 陳長文律師、李念祖律師
印刷—勁達印刷有限公司
初刷—二〇二二年三月四日
定價—新台幣四八〇元
(缺頁或破損的書，請寄回更換)

時報文化出版公司成立於一九七五年，
並於一九九九年股票上櫃公開發行，於二〇〇八年脫離中時集團非屬旺中，
以「尊重智慧與創意的文化事業」為信念。

界線 / 中山七里著 ; 劉姿君譯 . -- 初版 . -- 臺北市 : 時報文化出版企業股份有限公司 , 2022.03
面 ; 公分
譯自 : 境界線
ISBN 978-957-13-9939-3(平裝)

861.57 111000138